文春文庫

夜の谷を行く

桐野夏生

文藝春秋

目次

夜《よる》の谷《たに》を行《ゆ》く

第一章　冬の蜘蛛

夕食に使った食器や鍋を洗い終わった西田《にしだ》啓子《けいこ》は、ふと気配を感じて目を上げた。ビニールクロスを張った台所の壁に、薄茶色の蜘蛛が這《は》っている。体長一センチほどの小さな蜘蛛だが、成体のようだ。冬の蜘蛛は珍しい。啓子は、蜘蛛が移動する様をしばらく眺めていた。

昆虫や蜘蛛がそう嫌でなくなったのは、この歳になってからだ。若い頃は虫も蜘蛛も蛇も大嫌いで、ひと目見るなり、血が逆流するほどの嫌悪と恐怖を覚えた。

山の生活は、真冬だったから助かったようなもので、あれが夏なら、血相を変えて逃げ回り、仲間から「失格者」と烙印を押されたに違いない。だから、虫嫌いを誰にも悟られずに、いつも虚勢を張ることができたのだ。

長く生きるということは、あらゆる恐怖や禁忌から解放されることなのかもしれない。

啓子は蜘蛛の方を向いて苦笑いをする。

八時になった。テレビでも見ようか、とリモコンを取り上げた途端、家の電話が鳴ったので驚いた。

電話の相手は、時報を聞いてかけてきたのだろうか。あまりのタイミングの良さに、薄気味悪いものを感じながら、啓子は電話機のナンバー・ディスプレイを覗《のぞ》き込んだ。080から始まる携帯電話の番号が、表示されている。啓子は基本的に家の固定電話には出ないことにしている。かかる電話の大半が、勧誘だからだ。

相手が留守番電話に吹き込むかどうか聞いてやろう、と電話の前で待つ。

留守番電話に切り替わると、爺むさい咳払いの後に、嗄《しやが》れた男の声が聞こえてきた。わざわざ午後八時に電話したのになぜ出ないのか、と苛立ちを感じさせるような焦《じ》れた声だった。

「もしもし、夜分に申し訳ありません。そちらは、西田啓子さんのお宅でよろしいでしょうか？　私、熊谷《くまがや》と申します。熊谷です。ご無沙汰しておりますが、お元気ですか？　お留守のようですので、また、お電話させて頂きます。それでは、失礼いたします」

男は、「ク、マ、ガ、ヤ」と、一音ずつはっきりと発音した。名前は記憶にないが、小さな声でぼそぼそと喋る声には、聞き覚えがあるような気がする。

啓子は首を傾《かし》げてしばらく考えた後、あっ、と声を上げた。もしかすると、熊谷千代《ちよ》治《じ》ではあるまいか。

クマガヤチヨジ。古風な名前を仲間にからかわれ、ふざけて「チヨちゃん」と呼ばれていた男。

「チヨちゃん」というから、どんなに可愛い女が来るかと期待して待っていたら、人相の悪い男が現れて失望した、などという笑い話をたくさん聞いた。

「クマガヤチヨジ」とフルネームで名乗ってくれたら、すぐにわかったものを。姓だけしか言わない熊谷に、当時のからかいに対する拘《こだわ》りを感じてしまう。

懐かしさと同時に厭《いと》わしい思い出が蘇って、啓子は電話機を睨《にら》み付けた。熊谷はいったいどこで自分の電話番号を知ったのだろう、と不快になった。

とりあえず、熊谷の携帯電話の番号を認《したた》めるために、とメモ用紙を探した。場合によっては今後、着信拒否をした方が無難かもしれない。

啓子がディスプレイの数字を全部書き終わらないうちに、また電話が鳴った。再び、熊谷からだ。いったい何の用だ、とじりじりして留守番電話に切り替わるのを待った。

「もしもし、度々お騒がせしてすみません。熊谷です。あのう、用件をちゃんと吹き込んでおいた方がいいかと思いまして、またお電話しました。何度もうるさくてすみません。あのう、僕の知っているフリーライターの人がいまして、その人に、西田さんのお電話番号を教えてもよろしいでしょうか、という許可のお願いです。その人の名前は、古市《ふるいち》さんといいます。古市洋造《ようぞう》さんです。著書も何冊かあるようです。僕も会ったことがあるので、保証しますが、怪しい人ではありません。あの、それから、ついでに言っておきますが、僕は単なる仲介役に過ぎませんので、古市さんが何をしたいか、西田さんにどんなことをお願いしたいか、については、古市さんと直接話して頂ければ、と思います。それから、この電話をお聞きになりましたら、一応、僕の方にご連絡頂けますか。番号は、080の2241××××。すみませんが、どうぞよろしくお願いします」

熊谷は、今度は滑らかに喋った。あちこちでさんざん同じことを喋ってきたようなそつのなさだった。

会ったこともない人間に電話番号を教えてもいいか、と許可を願い出ながらも、文句があるなら古市本人に言え、と責任転嫁しているようにも聞こえる。

また、自分の電話番号を告げる時は早口で、到底、番号をメモできるような速度ではなかった。

顎のしゃくれた、小生意気そうな熊谷の顔を思い出して、啓子は舌打ちしたくなった。昔と変わらない図々しさではないか。むしゃくしゃした気分になり、ゆっくりテレビを見る気も失せた。啓子は入浴しようと、ユニットバスの前で服を脱いだ。

狭い風呂桶の中で髪を洗うのにもすっかり慣れた。それどころか、六十三歳になった今でも、風呂付きの部屋に住める幸せに感謝したい気持ちがある。

風呂から出て、湯をバケツに移して洗濯機に入れ、洗濯を始める。

洗濯機を回す間、啓子は冷蔵庫から発泡酒を出して、目で蜘蛛を探した。蜘蛛は、いつの間にか天井に移動して、小さな薄茶のシミのようになって動かない。

蜘蛛は益虫でゴキブリを食べるというけれど、こんな真冬に生かしておく意味があるのだろうか。放っておいたら、もっと大きくなるのか。掌くらいに大きくなった蜘蛛でも、今の自分には耐えられるだろうか。

啓子は、冷蔵庫の前に立ったまま、蜘蛛を見上げて発泡酒を飲んだ。風呂上がりの一本の発泡酒も、啓子のささやかな楽しみのひとつだ。

テレビを点けると、天気予報を流していた。二月初め。シベリアからの寒気団は動かず、西高東低の基本的な冬の気圧配置だという。晴天ながら厳しい寒さが続く、と若い気象予報士が真面目くさった顔で言う。

明日も冷えるらしい。冷蔵庫に残った食材で、朝から鍋を作ろうか。昼と夜、その折にうどんや餅を入れれば一日以上は保《も》つ。

小さな学習塾を閉めて五年経った。たった一人の始末な生活も、徹底的にやれば楽しくないことはない。

啓子は、発泡酒の缶を丁寧に潰して、分別ゴミ箱に投げ入れた。

翌日の昼過ぎ、啓子は駅前にある区の駐輪場に自転車を引いて入った。

駐輪場は、すでに満杯に近かったが、奥にスペースを見付けてほっとする。近くの雑居ビルに新しく出来たスポーツジムがあって、啓子はそこに通っている。

平日のジムに通うのは、啓子と同じく近隣の六十代以上の男女がほとんどだ。啓子も含めて彼らは皆、月に六千五百円で、月曜から木曜までの午後に限り、好きなプログラムが選べる「フリーアフタヌーン」という種類の会員である。

啓子が好きなプログラムは、アクアビューティ・クラスとバレエ・クラスだ。アクアビューティ・クラスは、水泳の初心者クラス。バレエ・クラスは、クラシックバレエを教わる。

バレエのインストラクターは三十代の若い女性で、鍛えた体が美しく、同性でも目の保養になる。しかも、毎回違うレオタードとスカートの組み合わせがとてもセンスがいい、と中高年の女性たちに人気があった。

インストラクターの真似をして、生徒たちの出で立ちもどんどん派手になる傾向がある。だが、目立ちたくない啓子は、ノーメイクで灰色のTシャツに黒のジャージ、という地味な格好を通している。ただのお婆さんにしか見えない姿。どこでもそれを徹底するように努めていた。

早めに家を出たつもりだったが、自転車置き場を見た時の不安が的中した。バレエスタジオはいつになく混んでいた。ジム側が、また新しい会員を募集したようだ。

バーはすでに年配女性たちが居並び、隙間はほとんどないも同然だった。啓子は鏡から一番遠いバーの、ほんの少しの隙間に無理やり手を置いて、何とか列に入れて貰った。

だが、音楽が始まった時、鋭い声が響いてレッスンが中断した。

「入れないんですけど」

誰もが驚いて声の主を見つめる。フロアの中央に、ジャージ姿の初老の女性が立ち竦《すく》んでいる。新加入者のようだ。

「そこ、詰めてあげてくださいね」

インストラクターがそう言って、再びレッスンに入ろうとしたが、新加入者がまた邪魔をする。

「無理です、いっぱいです、先生。あのう、このレッスンって、誰でも入れるんじゃなかったんですか」

「そうですよ。すみませんけど、そこ、もう少し詰めてあげて。この方を入れてあげてください」

インストラクターが頼んでもどうにもならない。一本のバーを互い違いに摑《つか》んでいるにも拘《かかわ》らず、たった一人のスペースは狭い。いくら前後に詰めても、人一人入るスペースはもうなかった。

「入れませんよ、これじゃ。せっかく来たのに、何もできないじゃないですか」

六十代と思《おぼ》しき新加入者が腕組みを解かずに怒り始めた。周囲の者がさらに詰めようとしたが、たったの三十センチほどの隙間に、太めの女が入れるはずもない。

「窮屈で申し訳ありませんが、そこを何とかご協力お願いします」

インストラクターが皆に頭を下げた。

「窮屈で申し訳ないって言うけど、こんな混んだ教室でどうやって踊れって言うんですか。無理ですよ。何で、先生の方でジムに言ってやらないんですか。もっと大きなスタジオにするか、コマ数増やしてくださいって」

「はい、それは伝えます。でも、今日のところはお互いに譲り合ってくださいと、お願いしてますでしょ」

　インストラクターも気が強いのか、声が荒くなった。

「できませんよ、限界です」

「でしたら、今日は申し訳ありませんが、次回にお願いします」

　新加入者が苛立って大声を上げる。

「何で、あたしだけがそうなるんですか。お金払ってこの状態だったら、詐欺みたいなもんじゃないですか」

「そうは言っても、ですね」

　インストラクターが言葉を切ったのは、ひと月たったの六千五百円なんだから我慢しろ、そんなにバレエがやりたいなら巷のバレエ教室に行け、と続けたかったのだが、それだけは口が裂けても言えない、と思い直したのだろう。

「そうは言っても、って何ですか？」と、女が喧嘩腰になる。

「そうは言っても、今日のところはお願いしますっていう意味です」

「お願いしますって、だから何を」

「定員いっぱいなので次回、ということです」

「だから、何であたしがってことですよ、問題は」

女とインストラクターは互いに譲らず、時間だけが過ぎていく。

「あのう、早くレッスンしてほしいんですけど」

「時間がなくなっちゃうよ」

滞っていることに焦れた女たちが文句を言い始めた。新加入者がきっと振り向いて怒鳴った。

「みんな権利は同じですよね、払った金額は同じなんだから。先に来て場所を取ったからって、後から来た人の不利になるようなこと、しないでくれますか」

正論ではあるが、状況を考えると乱暴だ。すでに定員オーバーなのだから、早く来るしかないのだ。

啓子がことの成り行きに驚いていると、誰かが背中をちょんと突《つっ》いた。振り向くと、すぐ後ろの顔見知りの女がにやりと笑った。あちこちで顔を合わせる、ほぼ同年の女だ。

「ああいう人をクレーマーって言うのよね」

何と答えていいかわからず、啓子は曖昧《あいまい》に笑った。女が唇を歪める。

「文句ばっかで、人の迷惑考えてないのよ」

それもまた暴論ではないか。問題は、詰められるだけ詰め込むジム側にある。単価が安いから、数量を増やそうという資本主義の論理だ。

そう言いそうになって、啓子は慌てて口を噤《つぐ》んだ。ここで正解を口にしてはならない。場が白けるからだ。

ともかく目立たないように静かに生きる、と決意したのは遥か昔だから、つい忘れそうになる。

インストラクターと新加入者との口論は終わりそうにない。新加入者の言うことも間違ってはおらず、インストラクターが言うのも正しい。平行線の論争は疲れが伝播する。急にやる気が失せたのか、論争自体が不快なのか、数人の若い人が、スタジオから呆れ顔で出て行った。

新加入者が入れるスペースが生まれたが、今度は誰も彼女を入れようとしない。

啓子も気分が悪くなったふりをして、タオルで口許を押さえながらスタジオを出た。レッスンを受けられないのは残念だが、紛糾したのだから、後味はよくないに決まっていた。

啓子の若い頃はどこでも論争が盛んだったのに、今は論争自体が雰囲気を壊すようになってしまった。

啓子はロッカールームに戻って、入浴の準備をした。帰るには少し早いが、入浴して帰るだけでも、節約になるから来た甲斐がある。

午後二時とあって、まだジムの風呂は空いていた。五時を過ぎると、急に混みだすのだ。ヨガにフラにエアロにステップ。午後、目一杯プログラムを消化した元気な老女たちが、仲間と風呂に入ってお喋りして帰るのだ。これで月六千五百円は安い、とばかりに湯をふんだんに使い、ドライヤーを薄くなった髪にゴーゴーとかける。ジム側も会員側も、互いにいい勝負なのだった。

啓子は誰もいない風呂で平泳ぎをしてみた。途端に、膝の内側を底のタイルで擦った。泳ぐには浅過ぎる。無精をしないで、プールで泳げばよかった。啓子は後悔しながら風呂から上がった。

擦れ違いざま、バレエ・クラスで一緒の面々がぞろぞろと風呂に入って来た。五、六人で声高に文句を言っている。

「今日はあの人のおかげで十分も損しちゃったわね」

「十分じゃないわ。十五分よ」

「先生が可哀相。先生の責任じゃないのにね」

そうそう、と相槌を打った女が、行儀悪く、直接、桶を湯船に入れる音が天井高く響いた。啓子は誰も気付くはずもない軽い会釈をして風呂場から出た。

化粧台のある更衣室で、湯冷めしないように充分汗を拭いてから着替える。

「お疲れ様です」

愛想良く挨拶しながら入って来たのは、インストラクターに文句を言った新加入者の女だった。風呂場で何が待っているのか、知る由《よし》もなさそうだ。

おそらく、洗い場をなかなか空けて貰えなかったり、うっかりシャワーの水を掛けられたり、そこにいるのに露骨に悪口を言われたりするのだろう。しかも、誰も口を利いてくれない。仲間が出来れば、必ず排除も生じるのだ。

啓子は、ほんの一瞬、苛められる女の反応を垣間見たい、と思った。自分は手を出さずとも、我を通そうとする我が儘な人間を、誰かが苛めるのを快とする瞬間。が、それが自分にもあるのだと思うと、嫌な気分になった。

着替え終えて、フロントにロッカーキーを返した後、啓子はロビーに向かった。持参したボトルの中には、薄目のポカリスエットが入っている。粉末を買って、自分好みに薄めて氷をたっぷり入れてきた。

それを飲みながら、ロビーに備え付けの新聞や週刊誌を読むのも、楽しみのひとつだった。新聞は学習塾を閉めた途端に購読をやめてしまった。

先客の老人が全国紙を数紙、自分の周囲に置いて読んでいたので、啓子は週刊誌を手に取った。手擦れで表紙がめくれた週刊誌をゆっくり開く。

グラビアページを眺めていると、携帯メールの着信音が聞こえた。姪の佳絵《かえ》からだ。佳絵は啓子の妹、和子《かずこ》の一人娘で、都下でエステティシャンをしている。

メールの件名は「結婚」。「ついに三月、結婚することになりました。伯母さんも結婚式には出席してくださいね」とある。

彼氏とすったもんだしていたようだが、とうとう話が煮詰まったのか。「おめでとう。もちろん出席します」と返信した。

電話の着信記録も残っていた。風呂に入っていた時に、着信があったようだ。発信者は妹の和子。きっと佳絵の結婚についてだろう。

啓子と和子は二人姉妹で、年齢は五歳違う。一時は疎遠だったこともあるが、和子が子連れで離婚したのを契機に仲直りし、数年間、三人で助け合って暮らしていたこともあった。独身の啓子にとって、佳絵は自分の娘、と言ってもいいような大事な存在だった。

啓子はロビーの片隅に行って和子に電話した。ロビーには、唾を付けて新聞をめくる老人しか見当たらないので、電話をしようと何をしようと気にならなかった。

「もしもし、さっき電話くれた？」

「したよ」と、和子が低い声で答える。

和子は、隣駅の近くで美容室を経営している。経営と言っても、小さな店で席はふたつしかない。アシスタントにも一昨年辞めて貰って、一人きりでやっている。もっとも、徒歩や自転車で来るような近くの常連客しかいないから、一人でないと食べていけない。

「佳絵ちゃんのことでしょう？　おめでとう」

「ああ、結婚のこと？　そうなのよ。急に決まってね」

和子は憂鬱そうだ。

「よかったじゃないの。何でそんな声を出すの」

「だって、出来ちゃった婚なのよ。もう五カ月なんですって。恥ずかしいわ」と、和子が忌々しそうに言う。

「何で恥ずかしいの」

「だって、子供が出来たから、幸也《ゆきや》さんもその気になったわけでしょう。何か不祥事っぽいじゃない」

「不祥事」というのは、和子のよく使う言葉だった。和子は誰よりも倫理的でモラリストだ。昔は、啓子に批判的で、何度も激しい言い争いをしたものだ。

『不祥事中の不祥事』

『啓ちゃんは自分さえよければいいのよね』

この言葉を何度言われたことだろうか。

「不祥事なんて言い方しない方がいいわよ。今、出来婚ってすごく多いみたいよ」

「そうなんでしょうけどね」

和子は不満そうだ。

「みんな、そうでもしないと、踏ん切りが付かないのよ」

「そうね。まるで佳絵が相手に踏ん切りを付けさせたみたいで恥ずかしいわ」

暗い声で言うので、啓子は必死に言った。

「恥ずかしいなんて、そんなことないわよ。とても目出度いことじゃない。あなたはお祖母《ばあ》ちゃんになるわけでしょう。私も大伯母よ。楽しいわ」

言う端から、嬉しくなった。赤ん坊が生まれるなんて、素晴らしいことではないか。

が、和子が暗い声で遮った。

「啓ちゃん、ニュース見た？」

藪から棒に何だ、とむっとする。

「きょうは見てない。何で？」

和子はそれには答えずに質問を畳みかける。

「じゃ、ネットのニュースも見てないの？　新聞は？」

「新聞取ってないもん。何があったの？」

「まあ、昨日の新聞でも見てみてよ」和子は明言を避け、長電話になるのを警戒したのか、予防線を張った。「じきに予約のお客さんが来そうだから切るわね」

和子は、啓子との余計なお喋りを嫌う時がある。その癖が出るのは、自身が触れたくない話題、そして攻撃的になるのがわかっている時だった。

「わかった。じゃ、また」

いったい何が起きたのだろうか。嫌な予感がして、啓子は老人の方を振り返った。

全国紙を読み耽っていた老人は、新聞をきちんと元の場所に戻して、今度は週刊誌に移っている。

啓子は日曜の朝刊を手にして、自席に戻った。朝日新聞の一面を見ても何が問題なのかわからず、いきなり三面記事を開いた。途端に、悲鳴が洩れそうになった。

「永田《ながた》洋子《ひろこ》死刑囚が死亡　連合赤軍事件　大量リンチ殺人」という見出しだ。

「1971〜72年の『連合赤軍事件』で新左翼運動の仲間を殺害した罪などに問われ、93年に死刑が確定した元連合赤軍最高幹部の永田洋子死刑囚が5日午後10時6分、東京・小菅の東京拘置所で多臓器不全のため死亡した。65歳」とある。

とうとう、永田が死んでしまった。

啓子は、あの年の二月に何があったか、よく覚えていた。四日には、吉野《よしの》雅邦《まさくに》の子を妊娠していた金子《かねこ》みちよが亡くなった。大雪の日だった。そしてその日に、永田と森恒《もりつね》夫《お》が上京したのだ。六日、自分が脱走する。

永田が二月のこの時期に亡くなるとは、死んだ同志が呼んだとしか思えない。

啓子は衝撃を受けたまま、他紙も貪り読んだ。

風の噂には聞いていたが、脳腫瘍の病状は相当悪化していたようだ。「脳腫瘍の悪化で、面会しても誰が来たのか分からないほど」と、元連合赤軍メンバーの談話も載っていた。

若い頃はバセドー氏病を患い、脳腫瘍を発症してからは、激しい頭痛や目のカスミに悩まされたという。権力に囚われての肉体的苦痛はさぞかし辛かったに違いない。同情はしないけれど、その思考に同調する自分はまだいる。

啓子は小柄な永田の後ろ姿を思い出した。最高指導者の永田は、自分たちからは遥か遠い存在で、いつも小さな背中しか見えなかった。自分たちは、炬燵《こたつ》のある指導部の方を窺《うかが》っては、森の大声に怯え、永田の細い声を聞き漏らすまい、と必死に耳を傾けていた。

啓子がポカリスエットを飲むのも忘れてぼんやりしていると、携帯電話が鳴った。再び、和子からだった。

「読んだ？」

「読んだ。新聞取ってないから知らなかった」

「暢気だね、啓ちゃんは」

妹の苛立つ声に、「ごめん」となぜか謝っている。

「このことだけど、取材とか来たら、絶対に断ってね。出ないでね」

和子の声が尖っているのがわかる。

啓子が逮捕された後、和子は「不祥事中の不祥事よ。恥ずかしくて死んでしまいたい」と叫んで、泣き喚いたそうだ。

「出るわけないじゃない。あたしは当時の人たちと縁を切っているのよ。二度と会う気はないわ」

「啓ちゃんが縁切ったって、知ってる人は知ってるわよ」

「どういう意味」

啓子の声も尖り始める。啓子が五年余の刑期を務めて出所した時、和子は会いに来なかった。

しかし、離婚を経てから、和子の啓子への態度も和らぎ始めたし、佳絵と一緒に寄り添って生きてきた実感があった。が、どうやら、本心では許してくれてはいなかったようだ。

「約束して」

悲鳴のように叫ばれて、和子の離婚理由を思い出した。姉の「不祥事」を隠していたから、と相手に言われたと聞いて、隠していたのかと驚いたのだった。

それほどまでに、自分たちのしたことは親兄弟に衝撃を与えたのだ、と気付いたのはかなり後だった。今でも、彼らの反応には違和感がある。だが、その違和感についても、何をどう説明したらいいのか、戸惑いが続いているのだった。

啓子は自分のいる場所を確かめるように、ロビーを見回した。

風呂から上がったバレエのグループがこちらに向かって来たのが見える。腰を浮かしかけた啓子は、妹の不安と不機嫌にようやく思い至った。

出来ちゃった婚をすることになった姪は、自分の事件を事前に伝えなかったと相手に責められるかもしれないということに。

「やっとわかった。佳絵ちゃんは、あたしのこと、彼氏に言ってないのね?」

「言うわけないじゃない。佳絵は何も知らないんだもの」

和子が吐《つ》いた長い溜息が、携帯に押し付けた啓子の耳にも伝わってくる。

「じゃ、あたしから佳絵ちゃんと彼氏に話そうか？　あたし自身が事情を説明すれば、あの子たちもわかってくれると思うけど」

和子が沈黙した。迷っているのだろう。

「でも、それで結婚自体が流れるかもしれない」

「佳絵ちゃんの彼氏って、そういう人なの？」

「さあ、わからない」

和子が自信なげに呟《つぶや》いた。

「でも、そんなことで流れるのなら、仕方がないんじゃない。その程度の人なんでしょう。佳絵ちゃんが悪いことしたわけじゃないんだから、関係ないと思うけど。本当に愛情があるなら、すべてを受け止めると思うよ」

自分で言いながら、それは理想論だとわかっている。果たして、和子は抗弁した。

「論理ではそうよ。でも、感情ではそう簡単にいかないのよ。あたしはよく知ってるの。それに、本人はよくても、結婚って親とか親戚が付いてくるのよ。そっちが何と言うか」

和子は世間の反応というものを、とかく言いたがる。姉である自分のせいで、婚家で苦労したのはわかっているが、また訳知り顔に説教か、と啓子も苛立つのだった。

「佳絵ちゃんに非なんかないんだから、毅然としていればいいじゃない」

「ことを起こした本人は、そう思うでしょうけどね」

啓子は絶句したが、和子にとっては厭味を言ったのでも何でもなく、率直に話しているつもりでいることは知っている。怒りを抑えようと、唇を嚙んだ。

バレエグループの面々が、ロビーで電話をしている啓子を認めて、微笑みながら会釈した。啓子も愛想よく会釈を返しつつ、声は尖ったままで言う。

「あたしのことで皆に迷惑かけて悪かった、と今でも思ってるわ。でも、四十年も前のことなのよ。いい加減、勘弁してほしい」

「わかってるよ。啓ちゃん、そりゃ毅然とできればいいわよ。でも、佳絵は妊娠五カ月なのよ。後戻りできない状態でしょう。で、後戻りできなくなった嫁に、そんな伯母がいることを、あっちがどう思うか、でしょう」

「そんな伯母で悪かったわね」

当時の親戚や知人の反応を思い出して、啓子は気が重くなった。

「佳絵が騙したんじゃないかと思われるのが嫌なのよ」

「そんなこと誰も思わないわよ」

「また、性善説のふりしちゃって」

「性善説ね」と、苦笑する。

「佳絵が、結婚式をするのに誰を呼んだらいいかって聞くのよ。うちには、大伯母さんとか親戚がいるのに、行き来がほとんどないのはどうしてかって言うの」

「それも全部ひっくるめて、あたしが話す。それでいいでしょう?」

「考えておくわ」

慎重な和子は、即答を避けた。

「西田啓子」という名は平凡だから、新聞やテレビで報道されても、世間の印象には残らなかったようだ。

だが、啓子の両親と親戚が受けた衝撃は、現在では想像もできないほど大きなものだったらしい。

父親は当時五十三歳。あるメーカーの営業部長をしていた。重役候補と言われていたが、事件を機に退職を余儀なくされた。

父も母も一気に老け込んで、父は啓子が服役中に肝硬変で亡くなった。母が亡くなったのは、その十年後で、膵臓ガンだった。和子が離婚した翌年のことだ。

両親の早過ぎる死は、裕福な家庭に育ったお嬢さん、と言われた長女の、大いなる逸脱に原因があったのは間違いない。

父親の姉一家は、さっさと海外に転勤してしまい、妹一家は、啓子と縁を切る、と通告してきた。

妹、つまり叔母の夫が激怒したと後で聞いた。叔母の夫は、都内山の手にある私立中学校の教師をしていた。啓子が、その系列の私立小学校に教師として就職できたのも、叔母の夫の強力な推薦があってのことだったのだ。

叔母夫婦は、啓子の逮捕後、離婚になりそうなほどの深刻な喧嘩をしたという。啓子が学生運動をしていた経歴を知っていたら、叔母の夫は、自分のコネクションのある学校に推薦などしていなかった、というのだ。

もっともな話だった。両親は、叔母たちには何も話していなかったのだから、啓子自身が就職が決まった時点で、叔母たちに伝えるべきだったのだ。怒りは甘んじて受けるつもりだった。

母親の弟は、一家を支えようとしてくれたが、リンチが明るみに出てからは、妻が拒絶反応を示して、叔父が姉である母の元に行くのを許さなかったという。

父方の伯母と叔母の家には、それぞれ啓子や和子と歳の近い従姉妹《いとこ》たちがいて、子供の頃から仲良くしていたのだが、事件以後、一切連絡はない。

従って啓子はほぼ四十年、伯母・叔母の従姉妹たちと義絶状態のままだ。母方の叔父は亡くなり、年賀状の交換も絶えた。


北風が吹き抜ける駐輪場の狭い通路には、似たようなママチャリが並んでいた。

凍えながら自分の自転車を探していた啓子は、やっと見付けたものの、溜息を吐いた。

自転車のカゴに、空のペットボトルが二本も投げ入れられていた。

駅前に放置された自転車のカゴが、ゴミ箱代わりになっているのはよく見かけるが、駐輪場で料金まで払っているのに、と思うと腹立たしい。しかも、乳酸菌飲料らしいボトルには、白い液体がまだ残っている。

啓子は手袋をした手で二本のペットボトルを摘まみ、入り口にある自動販売機まで運んだ。赤の他人の飲み残しを手にするだけでも不快なのに、自販機の横に設置されていたリサイクルボックスが消えていたので、唖然とした。

だから、人目に付かない奥まった場所に捨てられたのだろう。それが自分の自転車とは運が悪い、と苦笑いする。仕方なしに、自販機の脇にペットボトルを二本並べて置いた。

途端に、管理人が小屋から飛び出して来た。紺色の作業ジャンパー、制帽の上から灰色のイヤーマフを付けているが、白髪と見分けが付かない。七十歳くらいか。顔の左側だけに茶色いシミが点在しているのが目立った。

「そこに置いたら駄目だ」

いきなり怒鳴られた。最近、よく尊大な物言いをされるのは、自分が老婆に見えるせいだろう。白髪を晒《さら》して無化粧で歩いていると、度々、こんな目に遭う。

啓子はややムキになって言った。

「あたしが飲んだんじゃないんです。自転車のカゴに捨てられていたんです」

「いいから、どこかで捨てて来てよ。道の向こうにコンビニあるから」

管理人は面倒臭そうに、手で払う仕種《しぐさ》をした。そのせいで啓子は、公の場で知らない相手と余計な論争をしない、という禁をやすやすと破ってしまった。

「あたしが飲んだんじゃないって言ってるのに、そこまでするんですか」

「俺だってしてるんだよ」

啓子は昂奮した時の癖で、甲高い声を上げた。

「そういうお仕事なんじゃないですか」

「あのね、俺は自転車置き場の管理人で、自販機は関係ないの」

「自販機は自転車置き場を利用する人のために設置してあるんでしょう。儲かるのは区でしょ？」

「さあ、それは違うでしょ？」

今度は口真似をされた。あまりに腹が立ったので、区に言い付けてやろうかと思うほどだった。だが、どうせ文句を言ったところで、クレーマー扱いされるのが関の山だ。

「そんな言い方はないんじゃないですか」

「あんたもね」

「あんたって、何ですか。あんたって。そもそも、あなた方、管理の人って、駐輪場に置いた自転車に何かされないように監視する役割もあるんじゃないですか」

「そら、盗みとかなら言うよ。だけど、ゴミでしょう」

爺さんはふてぶてしい。啓子を侮っていることを隠さない。

二人の口論を聞きつけて、わざわざ近寄って来る主婦や、遠巻きに眺めている老人に気付いて、啓子は我に返った。

「ここにあった、空のボトルを入れるリサイクル用のボックスはどうしたんですか。あれがあればいいのに」

「撤去」

「何で？」

「家庭ゴミとかが突っ込まれるから」

「そんな」と言いかけてから、スタジオで、若いインストラクターと口論する女性が蘇った。自分は絶対に正しいと信じ切っている姿。自分も、他人からは同じように見えているのだろうと思うと、遣り切れない。

急に恥ずかしくなった啓子は、ペットボトルを再び取り上げて引き退《さが》った。

「わかりました、もういいです」

啓子は苛立ちのあまり、二本のペットボトルを隅に置きっぱなしにした。あんな爺さんと口論をして馬鹿だった、という徒労感だけがある。最初から、そっと駐輪場の隅に置いておけばよかったのだ。

目立たず、ひっそり生きていこう、と決心してから、世捨て人のように地味に、そして穏やかに暮らしてきた。一定の距離を保って世の中を見ると、腹が立つことも、諍《いさか》いに巻き込まれることも滅多にない。

だが、今日はいったいどうしたのだろう。あちこちで小競り合いが起きて、いつの間にか自分も渦中にいて、怒りを収められないでいる。

とにかく、心がざわついて仕方がない。さっき知った、永田洋子の死のせいばかりではなかった。姪の佳絵とその婚約者に、自分の過去をどう伝えるか、という問題を突き付けられたのだ。

駅前の駐輪場からアパートまで、自転車で二十分ちょっとかかる。途中、スーパーに寄りたかったが、駐輪場での諍いのせいで買い物をする気も失せた。啓子は強い北風に逆らって、ひたすらペダルを漕いだ。

アパートに着く頃には、すっかり冷え切って、湯上がりの幸福感もどこかに消えていた。

啓子はアパートの裏に自転車を停め、鉄製の外階段を音がしないよう注意深く上った。駆け上がったりすると、階下の住人から文句が出る。

自分の部屋に戻ると、ほっとした。反射的に、台所の壁を見る。昨夜の蜘蛛はいない。朝作った野菜鍋に餅を足して夕食にすることにして、冷凍庫にある餅の数を確認した。正月に買った切り餅は、あと数個を残すだけになった。

質素な夕食を終えた後、整理ダンスの上にある小ぶりの仏壇の扉を開けた。奥には、両親の小さな位牌がふたつ並んでいた。リンを一回鳴らしてから、形式的に手を合わせる。それから、滅多に開けない引き出しを覗いた。中には、折り畳まれた白い紙が一枚入っている。

啓子は紙を取り出して食卓の上に広げた。老眼鏡を掛けて、眺め入る。久しぶりに取り出してみると、紙が少し黄ばんでいた。

一、早岐やす子　一九七一年八月三日没（処刑）
二、向山茂徳　八月一〇日没（処刑）
三、尾崎充男　一二月三一日没
四、進藤隆三郎　一九七二年一月一日没
五、小嶋和子　一月一日没
六、加藤能敬　一月四日没
七、遠山美枝子　一月七日没
八、行方正時　一月九日没
九、寺岡恒一　一月一八日没（処刑）
一〇、山崎　順　一月二〇日没（処刑）
一一、山本順一　一月三〇日没
一二、大槻節子　一月三〇日没
一三、金子みちよ　二月四日没
一四、山田　孝　二月一二日没
一五、森　恒夫　一九七三年一月一日没（自殺）

啓子は、「森恒夫」の次の余白に、「一六、永田洋子　二〇一一年二月五日没」と書き加えた。

形ばかりの合掌をしたが、涙はまったく出なかった。感傷的になれないのは、言いたいことを封じられて思考停止をしたまま、長い時間が経過したせいか。

そんなことをひとことでも洩らせば、モラリストの和子からは「啓ちゃんは、自分の罪を見据えようとせずに、客観化できないと言って誤魔化しているんじゃないの」と非難を浴びせられるだろう。

和子の物言いはまことに辛辣だが、そんなに簡単なことではない、と抗弁したい気持ちがある。真の地獄を見たことのない人間は、物事を矮小化して、本質まで辿り着いたと思っている。真実は、訳知り顔に説明や解明なんかできないところにある。

安易な解釈を許せば、たちまち山岳ベースで起きた出来事は「俗」となる。「俗」を否定すれば、「聖」を証明しなければならない。

いったい何が「聖」なのか。啓子の属していた京浜安保共闘は、七一年の夏に、早岐《はいき》やす子、向山茂徳《むかいやましげのり》、という二人の同志を処刑したではないか。組織を守るために、という理由で。なのに、その「組織」は、赤軍派と合同してから、ぼろぼろと内部から頽《くずお》れていった。

指導者の森恒夫と永田洋子が極悪人のように言われ、森が自殺してからは、永田が一人で責めを負うてきた。でも、それだけではない。永田が考えていたことは叩き潰され、永田自身も口を閉じた。

こうして同志の名前と没年を眺めていると、あの時から四十年近い月日が経っていることに、啓子は改めて驚きを感じるのだった。

三十九年前の昨日、啓子は、迦葉《かしよう》ベースから君塚佐紀子《きみづかさきこ》と脱走した。大雪の翌々日の晴れた日だった。雪が眩《まぶ》しくて、涙が止まらなかったのを覚えている。

バス停でバスを待っている間、身形《みなり》が異様に汚れていて様子が変なことから、遭難者ではないか、と通行人から声をかけられ、慌てて逃げたところを逮捕されたのは、実に間抜けだった。

以来、佐紀子とは離れればなれになった。裁判で顔を合わせて互いに駆け寄り、手を握り合ったこともあったが、服役後は、疎遠になった。

出所後、しばらく経ってから、佐紀子が中年男と結婚した、という噂を聞いたが、今はどうしているのか。その生死すら知らない。

昨日電話してきた熊谷千代治に聞けば、わかるかもしれない。啓子は急に、佐紀子の現在の様子を知りたくなった。今度、熊谷が電話してきたら、尋ねてみようかと思う。

永田洋子が亡くなったことについても、誰かと話してみたい気がした。気持ちに変化が起きたのは、永田洋子の死を知ったからか。いや、四十年の時を経て、留守番電話に吹き込まれた熊谷千代治の肉声を聞いたせいかもしれない。

啓子は当時二十四歳で、革命左派の兵士の中では、最も活動歴が浅く、無名の存在だった。だが、都内の山の手にある私立小学校の教師を一年務めてから、革命左派の活動に入ったという、異色の経歴を持っていた。

そのためか、社会性は誰よりも高く、エキセントリックなことを口走ったり、無礼を働けば反社会的だと思い上がっている同志とは、常に一線を画していた。

活動歴が浅いこと、目立つことが嫌いで、自己主張をあまりしないこと、そして、プチブル家庭の出であること、などから、組織内では評価されず、下級兵士に過ぎなかったが、二歳上の永田洋子には可愛がられた。

理由は、米軍基地に侵入し、基地内の施設にダイナマイトを仕掛けて、実際に爆破してきた勇気を買われてのことだった。決死の覚悟で遂行した割に、被害は少なく、納屋で小火《ぼや》を出しただけだったと聞く。

「あの子はおとなしいけど、誰にも負けない根性がある」と、永田洋子が評価していたと聞いて、嬉しかった思い出がある。

ベースでも、戸外で薪を束ねたり、麦粥を作っていると、「啓子」と呼ばれて、「寒いだろうから、お入り」と、指導部の炬燵に入れてくれたことが何度もあった。

啓子は、永田に可愛がられていたという理由だけでなく、仲間うちでは目立たず、華々しい活動もしていない自分は、総括の対象にならないだろうと思っていた。

なぜなら、総括要求されたのは、とかく目立って、スター性のある活動歴を誇り、指導部に食ってかかるだけの気迫がある、一目おかれている人ばかりだった。つまり、誰からも「評価されている」人物たちだった。

指導部の評価。これほど、怖い言葉はなかった。革命戦士としての評価。山岳ベースでの暮らしは、どうしたら評価が上がるのかわからず、ひたすら命令に従っていた。

あれは、金子みちよが亡くなった夜のことだ。雪が積もって凍り、キラキラと月に光る稜線を眺め上げていると、横に君塚佐紀子が立った。

保育士だった佐紀子も、活動歴の浅さや地味な性格では、啓子と同程度だった。二人とも、ベースでは、森や永田、坂口弘《さかぐちひろし》ら指導部の連中など遠くて見えないような末席に座らされていた。個室に炬燵、暖かな布団で寝られるのは指導部だけで、下級兵士は、板敷きに寝袋で雑魚寝《ざこね》である。

「凍えるね」

啓子が呟くと、佐紀子が「うん」と頷《うなず》いて啓子の方を見遣った。目が合った。目には何の色もなく、互いに互いの虚《うつ》ろを確認しただけだった。

その日、永田と森が資金調達に山を下りたのを契機に、二人とも何も言わずに荷物を纏《まと》めた。

捕まったら総括要求されるのだろうか、と思わなくもなかったが、もう同志の誰も、自分たちをわざわざ捕らえに来ないことはわかっていた。

リンチによって兵士の数が減ってしまっていたし、誰の心にも、これ以上山にいたら、全員が総括で死んでしまうかもしれない、という恐怖、いや諦観があった。諦観が生まれた時点で、全員が「敗北死」していたのだ。

自宅の電話が鳴った。ちょうど八時である。まさか、とナンバー・ディスプレイを見ると、熊谷千代治からだった。

啓子は出ようかどうしようか、一瞬迷った。だが、応えるまでしつこくかけてきそうだから、古市に断ってくれ、ときちんと言おうという気持ちも強くあった。さっきふと浮かんだ、佐紀子の近況を聞いてみたいという欲望もなくはない。

「もしもし」

低い声で応じると、熊谷が嬉しそうな声を上げた。

「西田啓子さん？」

「そうですけど」

「その声、全然変わらないねえ。懐かしいです」

「熊谷さんは、熊谷千代治さんですよね？　千代治さんも全然変わらないので驚いたわ」

「いや、もう禿げちゃびんの爺さんですよ。つるっつる。嫌だよね、歳取るって」

「本当ね」

「いやあ、西田さんは変わらないでしょう。今、六十三歳くらいですか。でも、変わらないと思いますよ。ところで、電話に出てくれてありがとう。実は、今日も駄目かなあ、と思ってた。駄目なら、仕方ないから、もうかけませんからって、留守電に入れようかと思ってたの」

　そんなに簡単に引き下がるとは思えなかったが、啓子は笑って誤魔化した。相変わらず、ぺらぺらとよく喋る。早くも、電話に出たことを後悔し始めていた。

「今、千代治さん、何やってるの？」

「退職老人に決まってるでしょう。俺、六十六歳だもん。こないだ還暦迎えたと思ったら、じきに古稀だよ。信じられないね。活動やってた連中も、みんな爺さん、婆さんだ」

「一昨日、永田さんが亡くなったのね。それで電話くれたのかなと思った」

「いや、あれは偶然。もちろん、西田さんが出てくれたら、そのことについても話そうと思っていたけどね」

「永田さんは、どんな様子だったの」

　聞くまいと思っていたことを聞いてしまった。

「いやあ、脳腫瘍が進んで、最後の何年かは、もう誰が誰か全然わからなかったらしいよ。ずっとおしめしていたらしいしね」

　悲惨な最期だったのだろう。啓子は、ふと永田が「啓子」と呼んだ時の声音などを思い出していた。

「それでね、永田さんにはいろいろあっただろうけど、一応、送る会のようなものをいつか開こうと言ってるの。西田さんも出席してよ」

そうくると思っていた。

「いや、あたしは勘弁してね。一切、あの人たちとは会わないようにしようと思っているの」

千代治は落胆した様子だった。

「あ、そう。そうか、残念だなあ。当時を知る貴重な人材だよ、西田さんは」

「そりゃそうだけど」

啓子は、食卓の上に広げた白い紙を振り返った。死者の名前。今日、新たに一名書き足した。自分の名前は何番目なのか。

「ところで、君塚佐紀子さんは今、どうしているの？　千代治さん、知らない？」

「ああ、あなたと一緒に脱走した君塚さんか。この間、女性兵士のその後、みたいな話になったんだけどね。君塚さんの話は出なかったな。どこかで幸せに暮らしているんじゃない？」

「まさか」

即座に否定すると、千代治が笑った気配がした。

「まさかってどうして？　子供でも産んで、平穏な暮らしをしているかもしれないよ」

幸せと平穏さは違う、と思ったが、啓子は敢えて言わなかった。

「君塚さんのこと、何かわかったら知らせるよ。また電話させて貰ってもいいかな」

嫌とは言えず、啓子は曖昧に「ええ」と答えた。

「ところで、古市さんの件だけど、どうだろうか？」

「その人、あたしたちに話を聞いて、どうするつもりなの？　ノンフィクションかなんか書くのかな」

「そうだと思う」

「じゃ、断ってくれない」

即座に言った。古市洋造とやらの頼みを正式に断るために、千代治の電話に出たのだ。

「古市さんなら、取材もちゃんとしてくれると思うんだけど。嫌だという理由を聞かせて貰ってもいいかな」

啓子の語調が激しかったせいか、千代治は戸惑った様子で低姿勢になる。

「あたしは、昔のことはあまり喋りたくないのよ。昔の人に会うのも避けてるし。せっかく電話くれたのに、すみません」

早口に答えた。

「そうか、やっぱり駄目かい。それなら仕方ないけど、残念だなあ。僕はね、そろそろ解明する時にきていると思うんだよ」

一緒に活動していたのに、事件に関係していないというだけで、まるで他人事のように語る千代治に反発したくなる。

「今さら何を解明するの？　裁判は結審したのよ。何が起きたかは、とっくに解明されているじゃない」

「事実関係はね。でも、僕にはわからないことがいっぱいあるよ。もっと、その時の皆の心の中っていうの、心理が知りたいんだよね」

「あたしに、その義務があるとでも？」

「義務とは言わないよ。でも、喋ってほしいね」

千代治が遠慮がちに答える。その後に続く言葉はわかっていた。啓子が、「その場」にいたからだ。

「たとえ義務があったとしても、誰にも言いたくないわ。言わないと殺す、と言われても黙っている」

啓子は低い声で呟いた。

「その理由は？」

「その理由も含めて言いたくない」

「誰にも？」

「ええ、誰にも」

「どうして」

「言語化できないから」

「当事者としてはそうかもしれないけど、みんな、いつ死んだっておかしくない年齢になったじゃない。だからこそ、言葉を残してほしいんだよね」

千代治は、まるでテレビのコメンテーターのような、滑りのよい言葉を繰り出してくる。

　啓子は、そんな千代治に違和感を覚えている癖に、何とか的確な言葉を探し出して説明したいと願っている自分に驚いてもいた。

「何て言えばわかってくれるのかしら」

　小さな声で呟いた途端、受話器の向こうから、千代治の押し殺したような息遣いが聞こえてきた。

　啓子がどんな表情で何を言いだすか、辛抱強く待っている人たちの息遣いと同じだった。聞きたくてうずうずしている質問を、喉元まで込み上げさせて、好奇に満ちた眼差しを隠さない人たち。


　あそこで何が起きた？

　あなたは何をした？

　あなたは何を思った？

　言葉の礫《つぶて》を投げ付けたのか？

　ロープで縛り上げたのか？

　拳で殴ったのか？

　アイスピックで刺したのか？

「電話なんかで言えないわ」

啓子が我に返って断ると、千代治が嘆息した。

「言っておくけど、僕は無理に言わせようとしているわけじゃないよ」

阿《おもね》るように柔らかい声だった。

「ええ、ええ、それはわかってますよ」

無防備に言葉を口にしかけた自分の心が、再び閉じてゆくのを感じる。

「あのさ、僕に言わなくてもいいんだよ。そういうことも、古市さんに話せばいいじゃない。西田さんの名前は、一切出さないようにしてくれるはずだよ。本になる時は仮名を使うし、あなたが書かれたくないと思っていることは一切書かないよ。信用できる人だから、古市さんに会ってみたらどうだろう。西田さんの話が加われば、きっと貴重な本になると思うんだ」

「もうすでに何人か取材したの？」

「会える人にはね。僕が紹介した」

「まるであなたが書くみたいに張り切ってるわね」

からかいを込めて言うと、「違うよ」と、千代治が尖った声を出した。些細なことで、むかっ腹を立てる男だったと思い出す。

「書きゃしないよ、僕は。文章なんか書けないもの。でもね、知りたいことは確か。事件から三十九年経って永田さんが死んで、西田さんが今何を考えているのか、をね。古市さんからも、真っ先に西田さんに打診してみてくれないかって頼まれたんだ」

「そう」

啓子はアパートの天井を見上げた。合板が貼られて、年代物の丸い蛍光灯が下がっている。

安っぽい部屋だが、自分の安らげる空間はここしかないのだった。そして、いずれはこの部屋で孤独に死ぬのだろう。その薄ら寒さに心が塞ぐ。

「ねえ、どう？」

「何が」

一瞬ぼんやりしていたために、聞き逃した。

「だからさ、古市さんの件だよ」

千代治はしつこい。啓子は、千代治との会話に倦《う》んできていた。

「悪いけど無理。ところで、あたしはそろそろ失礼するわ。やることがあるんで」

「すみません、長くなっちゃって。でも、あとひとつだけね。西田さん、結婚してたっけ？」

詮索が始まったと思いながら、啓子はもう一度天井の辺りを振り仰いだ。いつの間にか、昨日見かけた蜘蛛の姿を探していた。

「してない、ずっと一人よ」

「だったら、というわけじゃないけど、最後にもうひとつだけ」

千代治が意気込んで早口になった。

「何ですか」

「久間《ひさま》だけどさ、今どうしてるか知ってる？」

「ヒサマ？」

「そう、久間伸郎《のぶお》」

まさか、久間伸郎の名前が出るとは思わなかった。意外さに絶句していると、千代治がぺらぺら喋った。

「久間は、生活に困っているんだよ。独身のままで、あちこちの工場を転々としていたらしい。十年くらい前に怪我して足が不自由になってさ。仕事をクビになったんだって。それからは最底辺の暮らしをしているそうだ。だから、皆でカンパして、少し助けようということになったんだ。よかったら、西田さんも少しカンパしてくれないかな。そしたら、久間も喜ぶと思うよ」

久間伸郎は、革命左派の同志で、啓子の恋人だった。啓子は小学校に就職すると同時に久間と同棲し、指導部に「結婚」を認められていた。革命左派での「結婚」とは、政治的目的に適っている、と組織が認めた場合のみ夫婦として許される。

久間は連合赤軍には参加していない。当時、拘置所に入っていたために免れたのだが、そのことが二人の訣別に繋がった。

久間は、啓子の服役中に、「あなたは敗北主義者だ。逮捕されて、急に合法的な人間になった。つまらない」という非難の手紙を送って寄越した。啓子は激怒し、以来、二度と会っていない。

「あたしは遠慮します」

「そうか」

千代治は失望した様子だった。啓子が未だ独身と聞いて、また焼け棒杭《ぼっくい》に火が点く、とでも安易に思ったのかもしれない。

「西田さん、また何かあったら連絡させて貰うんで、よろしくお願いします」

啓子はそれには敢えて答えず、「失礼します」とだけ言って、電話を切りかけた。が、千代治がどうやって自分の電話番号を突き止めたのか、聞き忘れたことに気付き、慌てて声をかける。

「すみません、ちょっと待って。聞きたいことがあったのに、忘れてた。あなたは、あたしの電話番号をどこで知ったの？　あたしは誰とも連絡を取ってないし、親戚とも縁を切っているのに」

「ああ、そのことか」

千代治は言いたくなさそうだ。言うのを躊躇《ためら》っている。

「教えてくれない？」

「マニアがいるんだよ。あなたは知らないだろうけど、大事件には必ずマニアがいて、ものすごく詳しいんだ。そういう連中が全部調べ上げている」

啓子は驚いて声を上げた。

「あたしのことも？」

「関係者なら誰でも。おそらく、今何をしているか、住所や電話番号も知られているよ。下手したら、あなたの日常だって、こっそり探られているかもしれない」

「あなたは、そういう人にあたしの番号を聞いたの？」

「ああ。伝《つて》を頼ってね」

「気味が悪いわ」

啓子は受話器を持った腕を、もう一方の腕で撫でさすった。この部屋が唯一安らげる場所だと思っていたのは、幻想に過ぎなかった。隠れ住んでいると思っているのが本人だけだとしたら、これほどお目出度い話はない。

「西田さん、今でも公安が来る？」

千代治が訊ねる。

「いえ、もう付いていないと思うけど」

その根拠はない。

「公安はマニアにリークしたりしないとは思うけどね。何があるかわからないから、気を付けた方がいいよ」

「そうね、ありがとう」

電話を切った後、いったい何にどう気を付ければいいのだろう、と首を捻る。千代治だとて、事件マニアとやらに情報を提供しているかもしれないのに。

何の変哲もない日々に、突然、風穴を開けられた気がした。「幸せと平穏さは同じではない」と思ったが、実は同じかもしれない。

一人の生活は寂しいが、気楽だ。家族がいない分、心配したり、心を煩わせるような出来事はそう多くない。

啓子は、五年前までＪＲ中央線駅前の貸しビルで、「若菜塾」という小学生相手の学習塾を開いていた。

そこは啓子の過去などまったく知らない父母たちに、家庭的できめ細かい指導をする、と評判だった。

だが、牧歌的とも言える時代はすぐに終わった。九〇年代には子供の数は減り、受験ブームで大手塾に生徒を奪われた。

細々と続けていた経営をとうとう断念しなければならなくなったのは痛恨だったが、失意の出来事がその程度で済んだのは、幸いだったかもしれない。

そんな質素な生活が、官憲でも何でもない市井《しせい》の誰かに見張られていたのかと思うと、怖ろしくもあるし、悔しくもあった。

それなのに、未だ、おまえたちにわかってたまるものか、と啖呵《たんか》を切りたくなる瞬間がある。それが思い上がりだとは思わない、変わらない自分もいる。

不意に、自分が独身でいることも、千代治はすでに知っていたのではないかと思い至った。住所や電話番号が知られているなら、家族関係を調べることなどたいした労力ではなかろう。

わざとらしい、と千代治に怒りが湧く一方、本当に知らなかったのかもしれない、と宥《なだ》める自分もいてわけがわからない。疑心暗鬼になったことも久しぶりだった。

風呂から上がり、湯気で曇った洗面台の鏡を手で拭う。鏡に映る、自分の痩せた顔を見つめた。白髪頭で、シミだらけの老婆然とした顔。

山岳ベースに入ることを決意したのは、久間が捕らえられた以上、妻である自分が、夫の分まで革命戦士として闘わねばならない、と思ったからだ。

しかし、それは建前だった。恋人の久間にさんざん、プチブル的だの、合法的考えから抜けきれていないだのと批判されてきた自分が、山岳ベースに参加することで革命戦士のクラスを上げ、久間に認めて貰いたかったのは確かなのだ。啓子が二十四歳、久間が二十五歳の時だ。

今や六十三歳。貧窮する久間と擦れ違っても、互いにわからないかもしれないと思うと、滑稽だった。

もう二度と久間に会う気はない。まして、自分を手厳しく非難した久間に、カンパなどしたくない。獄中から指図だけして楽する人間に、ベースでの出来事などわかるものか、と今でも叫びだしたくなる。

で思っている以上に、傷付いているらしい。

「馬鹿」

実際に、はっきりした声で自分の顔に向かって呟いた。いや、自分の顔を取り囲んでいる、湯気で曇った鏡に、だった。自分を馬鹿とは詰《なじ》りたくなかった。どうやら、自分で思っている以上に、傷付いているらしい。


翌朝、寝坊した。夜眠れなくなるから、早起きを心がけているというのに、どうしても起き上がることができなかった。

うとうと眠り続けて、目が覚めたら十時を回っていた。苦しい夢を断続的に見たが、起きた途端にすべて忘れてしまった。

ジムに行くつもりで身支度をしている最中に、妹の和子から携帯に電話がかかってきた。和子は、せっかちで面倒臭がりだから、滅多にメールをしない。

「啓ちゃん、今いい？」

挨拶もせずに、いきなり言う。

「五分くらいならいいよ。ジムに行くから」

和子が笑う気配がした。

「へえ。フリーアフタヌーン会員って、月曜から何曜まで行けるの？」

「木曜よ。今日はヨガがあるから、場所を取りたいの」

ヨガは人気があって、スタジオが空くと同時に駆け込まないと、マットを敷くスペースが確保できないのだ。

「毎日、ジムだなんて優雅だね」

汗水垂らして場所取りに奔走しているのに、優雅だと言われて、啓子は苦笑する。

「で、用事は何よ」

「はいはい、手短に言うわね。例の件だけど、やはり佳絵たちには言わないでくれないかな」

「それが結論なの。理由は？」

「事実があまりに重いからよ。佳絵が板挟みになって悩んだりしたら、可哀相だわ」

「後で知ったら、もっと悩むんじゃないの。あたしたちに騙されたって、怒る可能性だってあるわ」

啓子は、姪の明るい笑顔を思い出して言った。

啓子が活動歴を隠蔽していたと、叔母の夫に激怒され、絶縁に至った経験があるため、正直に打ち明けたい気持ちが強かった。

「でも、今、打ち明けるよりはいいと思うのよ。後で知ったって、その時はその時でしょう。もう子供も生まれているだろうし。そしたら、夫婦の信頼関係だって築かれていると思うのね。違う対応ができるかもしれないじゃない」

「子供が生まれたら、夫婦は盤石になるって言いたいの？」

「いや、知らずに済ませた方がいいかもしれないという判断よ」

和子は希望を感じさせる声音で語る。

「ずいぶん楽観的になったわね」

昨日は、出来ちゃった婚だからこそ、隠していたんじゃないかと言われるのを怖れていたはずなのに。

「昨日は永田洋子のこともあって、動揺してたのよ」

「あなたが母親なんだから、あなたが決めたのなら、あたしは何も言えないわ」

「啓ちゃんは、世間知らずだしね」

「決め付けなさんな」

啓子は気を悪くして、不機嫌な声を出した。

「まあまあ。啓ちゃんはすぐに怒るし、理屈っぽいし、何かとうるさいけど、どっか抜けてるのよ。世間知らずなの。もともとお姫様なんだよ」

「あたしがそうなら、あんただってそうじゃない」

「あら、そうかしら、あたしがお姫様？　こんなに苦労してるのに」

和子は屈託なく笑った。佳絵と何か相談ごとでもしたのか、やけに機嫌がいい。

「でもね、佳絵が変なこと言うのよ。ほら、一昨日、永田洋子の死亡記事が載ったじゃない。それを見て、佳絵が『この人、啓子おばさんの時代の人だよね』なんて言うの。何か知ってるのかと思って、ハラハラしたわ」

「すみませんねえ」

卑屈になるわけではないが、自分ではどうしようもないことなので、しぜんに声が小さくなる。

事件マニアに現在の自分の状況が知れ渡っているというのなら、いつかネットを介して、佳絵の耳に入ってもおかしくない。が、その時はその時だ、と思うのは、和子の楽観が少し伝染したのかもしれない。

「永田洋子の顔写真見て思ったけど、逮捕された時って、髪もぼうぼうで目付きも悪かったでしょう。でも、四十年経って見ると、顔が若いわよね。あんな風に四十年も前の写真を出される人って、あまりいないよね」

「四十年も獄中にいたんだから、仕方ないわよ」

自分も逮捕時は、永田のように多い髪を振り乱し、怒りの眼差しで写真を撮られたのだ。なのに今は、駐輪場の意地悪な爺さんに侮られる老婆に過ぎない。

「でもさ、死刑確定してから、二十年近くも執行されないで、生かされていたんだから。生きていられただけ、ましじゃないの」

啓子はかっとした。思わず、きつい言い方になる。

「まし？　そうね。あんたは常識人だからね。判決を真に受けるのよ」

「やめてくれない、そういう決め付け。そういうのも、啓ちゃんの年代の特徴だよね。勝手に何とか的とか、モラリストとか断じて、言葉の暴力で苛めるんだよ」

舌鋒鋭い和子にたじろぐのは、啓子が弱っているからだろうか。

「ごめんごめん。その話はやめよう。で、あんたがそう決めたのなら、あたしは佳絵ちゃんたちには何も言わないことにする。結婚式だけに行くわ」

「そうしてください」

和子は機嫌を損ねたと見えて、切り口上になった。

「お祝いは何がいいかしら」

「本人に聞いてください」

「了解。じゃ、あたしは時間ないんで」

「はい、お時間取りました、すみません」

「こちらこそ」

最後は、ぎすぎすした雰囲気で電話を終えた。そうは言っても、啓子には、気を許して話せる相手は和子しかいないのだった。


いつもの区の駐輪場に自転車を引いて行く。小屋を覗くと、昨日の管理人はいなかった。ほっとして目に付く場所に停めた。

昨日より気温が高い。厚着して自転車を漕いで来たから、汗ばむほどだった。ジムのある雑居ビルに入りながら、手袋を取り、ニット帽を脱ぎ、ストールを巻き取る。

月曜から木曜は安いジムで運動し、無料の風呂に入って帰るのを喜びとしているような自分の日常を、誰かがそっと見ているのかもしれないと思うと、背後を振り返ってしまう。千代治に余計なことを聞いたものだ、と後悔した。

更衣室で着替え、ヨガのスタジオに急いだ。スタジオ前には、すでに列ができている。前のクラスが終わったと同時になだれ込んで、少しでもよい場所を確保したい会員たちだ。

昨日、風呂場で喋っていたグループも、数人が並んで待っていた。仲間の分も場所取りをするつもりだろう。早く並んだ人間が、仲間の分の場所を取るのは不公平だと思うが、ジム側は黙認している。

「こんにちは」

思いがけず、横から声をかけられて、「はあ」と間抜けな声を出してしまった。

昨日、バレエのレッスン時に、文句を付けていた初老の女だった。

「どうも、こんにちは」

挨拶を返す。女はにこにこ笑って、啓子の顔を見つめている。眉を茶色く描いて、ピンクのグロスをてらてらと塗っている。その派手な化粧の下にある顔には、皺が目立った。六十代も半ば過ぎか。

「あのう、吉川《よしかわ》先生のバレエ教室にいましたよね？　途中で出て行っちゃった？」

「そうです。お風呂でもお会いしたけど」

「ええ、そうよね」

女は嬉しそうに笑った。あの後、何が起きたのか知らないが、屈託のない笑顔がこぼれているところを見ると、老女たちの苛めなど、屁でもなかったのだろう。

「あたしね、あなた、どこかでお見かけしたことがあるような気がするんだけど、どこでだったか思い出せないのよ。たぶん、中学か高校だと思うの。あなた、あたしのこと、覚えていませんか？」

　不意打ちをくらって、息が詰まりそうになった。たまに顔見知りに会うこともなくはないが、見知った顔がいたら、注意深く避けていた。

「さあ、あたしはわかりませんが」

「あら、そう？」と、女は首を傾げている。「あたしね、宮崎《みやざき》といいますけど、結婚前は高橋《たかはし》。高橋なんて平凡だから覚えてないでしょう？　あなたは？」

　宮崎は、啓子が自分の同級生だった、と決め付けているようだ。動揺してはいけないと思いつつ、すでに顔色が変わった気がした。必死に笑顔を作る。

「さあ、わかりませんが」

「あたし、横浜のT女子学院を出たんだけど、あなたとご一緒じゃない？」

「違います。あたしは仙台出身なので」

　嘘を吐いた。仙台は、君塚佐紀子の出身地だった。

「じゃ、短大かしら？」

「あたし、高卒なんです」

「変ね。どこかでお目にかかったような気がするのよね。まさか、小学校じゃないし。

ねえ、あなた、結婚してらっしゃるでしょう？　旧姓は？」

「結婚前は、佐藤《さとう》でした」

嘘がどんどん湧き出てくる。嘘を嘘で塗り重ねていくと、どんな嘘を吐いたかも忘れてしまう。

「佐藤さんね。最初に会った時から、見覚えがあると思っていたの。懐かしい感じがするんだけど、どこでお目にかかったのかしら」

宮崎は、残念そうに溜息を吐いた。ちょうど、ボクササイズ・クラスが終わり、スタジオの扉が開いた。汗をかいた老人たちがどっと出て来た。途端に、汗と白粉《おしろい》の臭いなどが一気に溢《あふ》れ出る。

「これもご縁ですから、一緒にやりませんか？　仲のいい人がいないと、何かと不利でしょう、ここは」

啓子は汗の臭いを堪《こら》えるようにタオルを口に当てて、首を横に振った。

「すみません。ちょっと気持ちが悪くなっちゃった」

「今、床を拭いてますよ。ゆっくりやれば大丈夫よ」

「汗の臭いに弱いんです」

ちらりと振り向くと、宮崎が不審な面持ちでこちらを見ていた。逃げたとしか思えない自分の態度が不自然だったのは確かだ。

宮崎は自分とどこで会ったか、記憶を洗いざらい調べ上げるかもしれない。

西田啓子が何をしてきた人間なのか、宮崎にばれたら、ジムにも行けなくなる。好奇の視線と、返答を待ち受ける息遣いだけは、二度と味わいたくなかった。

啓子は逃げるようにジムを出て、駅前のスーパーで安売りをしていた鮭の切り身パックと大根を買っただけで、アパートに帰って来た。

部屋のドアを開けると、キッチンの壁に黒いシミが見えた。近寄ると、先日の蜘蛛だ。急に、小さな蜘蛛が永田洋子の魂のように思えて、やっと涙が出そうになった。

第二章　孤独の道行き

小さなシミのように台所の壁に張り付いていた蜘蛛は、いつの間にか消えた。

熊谷千代治の突然の電話と、永田洋子の死によって穿《うが》たれた風穴は、大きく広がる前に、代わり映えしない日常によって塞がれつつあるようだ。

啓子は、日曜朝のテレビ番組に飽きて、大きな欠伸《あくび》をした。窓外に目を遣ると、どんより曇った灰色の空と、風に揺れる電線が見えた。

二月も終わりだというのに、外は北風が吹き荒れている。今冬でも何番目かの寒い日らしく、外に出るのが億劫《おっくう》だ。

かといって、一人で部屋に閉じ籠もっているのもつまらない。ジムは月曜から木曜までだから、週末は何もすることがなくて退屈する。

こんな時、インターネットでも眺めれば、いい暇潰しになるのだろうが、啓子のパソコンは古い機種で、回線もＡＤＳＬのままだから、速度が遅くて見る気がしない。光回線の工事をして、佳絵に新機種のパソコンを選んで貰い、設定も頼もうかと考えたこともあった。

しかし、金が余っているわけではないし、とりたててネットが必要というのでもなかった。ジムで新聞や雑誌を読んで、図書館で本を借り、テレビを見ていれば事足りる。こうして、世の中の動きから取り残されていくのだろうけれど、一人きりで暮らしていれば、新しいことや目まぐるしい変化など、どうでもいいのだった。

大事なのは、昨日と同じ今日、今日と同じ明日なのだ。命果てる日まで、何の変哲もない繰り返しを続けることが啓子の目標だ。

それが、五年余を過ごした女子刑務所での暮らしと同じだ、と気付いたのはいつ頃だったか。しかし、穏やかな日々が戻ってきたことに、啓子は満足していた。

図書館に行って新刊本を借りてから、駅前のスーパーで買い物をしようと、昼頃、外出の支度を始めた。

駅の南側にある図書館まで、自転車ならば三十分程度の距離だが、身を切るような北風が辛いので、バスに乗ることにした。

曇天で寒い日曜日は、駅前も寂しい。何か催しでもあるのか、制服姿の女子高生らが、短いスカートから出した素足を紫色にしてはしゃぎ回っている他、人影もまばらだった。

踏切の遮断機が上がるのを待つ間、啓子は道路の向こう側に、自分と似たような女がいるのに気付いて、どきりとした。見覚えがある。ところが、窺った先にあるのは、和菓子屋のガラス戸に映った自分の姿だった。

啓子は、自分のあまりの老けぶりに愕然《がくぜん》とした。白髪ならまだ美しいだろうに、脂気の抜けた灰色の髪が、汚らしく頭蓋を覆っている。黒っぽい服装は陰気で、我ながら気が滅入《めい》る。

不意に、和子のところに行って、髪をカットして貰おうかと思い付いた。

和子と電話で口喧嘩してから、早や三週間近く経っている。あれは永田洋子が亡くなった三日後のことだった。以来、和子とは一切連絡を取っていない。

週末、無聊《ぶりよう》を託《かこ》っているのも、和子や佳絵たちと没交渉になったせいもある。そろそろカットを口実に、仲直りしたかった。

ジムで声をかけてきた宮崎という女は、啓子の拒絶を悟ったらしく、近寄って来なくなった。それをいいことに、相変わらずジムには通っているが、啓子が気安く口を利く相手はジムにはいない。馴染みになった商店街の老店主たちくらいである。

啓子は、急ぎ図書館で新刊本を二冊借りてから、和菓子屋に戻った。ショーケースが桃の花で飾られ、雛あられや桜餅が並んでいるのを見て、桃の節句が近いことを知る。雛祭りには縁も興味もないが、道明寺を四個買って、手土産とした。

和子の美容室は、隣駅の住宅街にある。突然行ったら、予約客でいっぱいだ、と断られるかもしれないが、電話をかけて、けんもほろろの応対をされるのも嫌だった。

　駄目なら駄目で、菓子だけ置いて帰ろうと和子の家の前に立つ。美容室は、自宅の一室を使っているから、表向きはごく普通の平屋住宅だ。

　門扉には、「SALON de KAZUKO」と洒落た書体の、プラスチックプレートが貼ってある。その横には、「坂本《さかもと》」という表札が並んでいる。

　坂本とは、和子の前夫の苗字だ。離婚後、和子が旧姓に戻らなかったのは、佳絵の姓を変えたくないという理由の他に、啓子と同じ西田姓を名乗りたくなかったのだと思われる。

「こんにちは、啓子です」

　啓子は、客がするように、玄関の戸を勝手に開けて奥に声をかけた。上がり框《がまち》のすぐ横にフローリングの美容室がある。

　三和土《たたき》に、ロングブーツと男物の大きなスニーカーが並んでいた。もしや、と心が躍った。

「あら、啓ちゃんじゃない。いらっしゃい。電話しようかと思っていたのよ。来てくれてよかったわ」

　予想に反して、和子が上機嫌で現れた。

　仕事をする時の、黒いキャンバス地のエプロンもせずに、灰色のニットワンピース、胸には黒いビーズのネックレス、と外出でもするような装いをしている。

電話での諍いなど忘れたかのように振る舞っているので、啓子も気が楽になった。

「いきなり来てごめん。髪が伸びたので、ちょっと切って貰おうかと思ったのよ」

和子は急に職業的な目付きで、啓子の髪を見た。

「ほんとだ、伸びたわね。啓ちゃん、白髪も増えたから、カラーリングした方がいいわよ。少しは若く見えるようになるわよ」

「染めるのはどうかな。あたし、目立ち過ぎるのは嫌なのよ」

遠慮気味に言うと、啓子のためにスリッパを揃えていた和子が、呆れたように見上げた。

「あのね、啓ちゃん。今時、染めない方が目立つわよ。お爺さんもお婆さんも、みんな白髪を染めて、小綺麗にする時代なのよ。白髪のままでいると、何かそういう主張でもあるのかと、思われちゃうよ。悪目立ちしたくないでしょ？」

悪目立ち。なるほど、そんな考え方もあるのかと、はっとする。髪を染めて小綺麗にしていれば、駐輪場の爺さんに苛められなくて済むのか、と苦笑いした。

「啓子おばちゃん、こんにちは」

佳絵が、廊下奥のキッチンから顔を出した。白いセーターに細身のジーンズという格好だ。

切り揃えた前髪の下の、ややえらの張った顔は、エステティシャンだけあって、色白で艶があった。だが、利かなそうな上がり目といい、強情そうな厚い唇といい、若い頃の和子にそっくりだった。

「久しぶりね。佳絵ちゃん、結婚おめでとう」

面と向かって言うのは初めてだから、佳絵はくすぐったそうにしている。

「ありがとうございます」

佳絵が笑み崩れた。啓子の視線はつい、佳絵のお腹に向けられる。だが、セーターに隠されて、妊娠していることなど、言われてもまったくわからなかった。

「啓子おばちゃん、彼氏が来てるの。紹介するね」

まるで段取りのよい芝居のように、佳絵の背後から若い男が顔を出した。

韓流好みの佳絵のことだから、長身で大柄、と勝手に思い込んでいたが、婚約者は佳絵と同じくらいの身長で、痩せっぽちの小柄な青年だった。

しかし、小さな顔は整っていて線が細く、佳絵よりも美しいくらいだった。

「はじめまして、安斉《あんざい》幸也です」

照れ臭そうに頭を下げる。

「伯母の西田です。このたびはおめでとうございます」

啓子は単に結婚のことを言ったのだが、妊娠を仄《ほの》めかされたと思ったのか、幸也が拗《す》ねているような表情で、一瞬、横を向いた。

「はあ、ありがとうございます。これから、よろしくお願いします」

女性的な美しい顔に似合って、声も甲高い。

「こちらこそ、よろしくお願いします」

お互いに頭を下げ合うと、何も話すことがなくなって、三人とも俯《うつむ》いた。

「佳絵ちゃん、今日は定休日なの？」

啓子が口火を切ると、佳絵は首を横に振った。

「ううん。ユキちゃんは日曜しか休めないから、あたしが今日、お休みを取ったの」

傍で見ていた和子が口を出す。

「二人で報告に来てくれたのよ。ちょうど啓ちゃんも来てくれたからよかったわ」

だったら呼んでくれればよかったのに、と思うのは、一人暮らしの僻《ひが》みだろうか。

「何の報告？」

佳絵が早口に言う。

「結婚式決めたのよ。サイパンでやることにしたから、おばちゃんも来てよね」

サイパン。まさか海外で挙式するとは思わなかった。

「いいけど、意外だったわ」

「海外でやった方が、いろんな人を呼ばなくて済むからなの。ユキちゃんだって、結婚したお兄さんがいるけど、挙式はご両親だけの参列にして貰った」

佳絵がさばさばと話す間、幸也は黙っている。退屈そうで、挙式になど興味がなさそうだ。

「そうか。海外の挙式って、そういうメリットがあるのね」

話を合わせると、佳絵が頷いた。

「うちは親戚が少ないんだから、おばちゃんは結婚式に来てね。絶対に出てよ」

「ありがとう。行くわよ」

承知すると、佳絵が黒いダウンコートを羽織りながら、満面の笑みで言う。

「よかった。それから、三月十三日に、ユキちゃんのご両親とお食事することになったの。顔合わせなんだけど、そちらもぜひどうぞ」

佳絵に密かに小突かれでもしたのか、幸也が慌てて誘ってくれた。

「どうぞいらっしゃってください」

「あたしなんかが行っていいのかしら？」

「いいのよ、あたしはお母さんとおばちゃんしか身内がいないんだから。おばちゃんが、お父さんの代わりなんだよね」

佳絵がそう言ってから、幸也の顔を見て笑った。幸也は強張《こわば》った笑みを浮かべている。

出来ちゃった婚だというから、新妻の事情など、本当はどうでもいいのかもしれない。

幸也の整った顔を見ていると、啓子はわけもなく不安になった。自分の過去を知ったら、この青年と青年の家族はどんな反応をするのだろうか。

幸也は、芯は案外強そうだから、啓子が黙っていたと怒るかもしれない。

「おばちゃんと、ユキちゃんのお母さんって同い年なんだって」

佳絵が気を引くように言った。

「伯母さんがいらしてくれたら、母はきっと喜びますよ。同じ学年なんだから、絶対話が合いますよ」

　幸也も微笑んで言う。

「じゃ、和子の許しが出たら伺いますね」

　適当に誤魔化したが、同い年なら、自分の事件を知らないはずはなかった。もしかすると、とっくに佳絵の家を下調べしてあって、啓子の事件を知っているのかもしれない。

　啓子の中に疑心暗鬼が生まれる気配があった。いったん生まれてしまうと、退治するのが大変な鬼だ。

　助けを求めるように和子の方を見ると、案の定、和子は苦い顔をしている。

「お母さんの許可なんかいいわよ。おばちゃん、十三日の昼間、空けておいてね」

　佳絵に言われて、啓子は慌てて言った。

「はいはい、ありがとう」

　啓子の答えに満足したのか、佳絵は幸也と笑いさざめきながら家を出て行った。

「じゃ、こっちへどうぞ」

　和子が真面目くさった顔で、美容室に請じ入れてくれる。今日は客を取っていないらしく、部屋はひんやりと冷えていた。

　啓子は忘れていた和菓子の包みを差し出した。

「これ、道明寺。和ちゃん、好きでしょう？」

「じゃ、先にお茶でも飲む？　染めるのなら、時間かかるからさ」

和子がくたびれたように肩を揉みながら言うので、「そうしようか」と一緒にキッチンに戻った。

坂本家のキッチンは、癇性の和子が磨き立てているせいで、シンクもコンロもぴかぴかに光っているのだが、今日は店屋物の丼が流しにそのまま放置してあった。

「三人でお蕎麦取ったのよ。二人ともお腹が空いているっていうから。佳絵も、せめて洗ってから出掛ければいいのに」

和子がぶつぶつと文句を垂れた。ヤカンをガスにかけてから、丼を洗い始める。

啓子は手伝うでもなく、ダイニングの椅子に腰掛けて妹が立ち働く様を眺めている。

「安斉さんて、よさそうな人じゃない」

実は、退屈そうな様子など、幸也が結婚にあまり乗り気ではなさそうな不安材料はいくらでも数えあげられた。が、啓子はそれには触れずに、当たり障りのないことを言った。

「そうね。ちょっと神経質そうだけどね」

和子が考えるように手を止めた。

「どういうところが神経質なの？」

啓子は、幸也の線の細い顔や、甲高い声などを思い浮かべる。

「佳絵はエステティシャンだから日曜が稼ぎ時でしょう。でも、幸也さんは、自分が日曜休みだから、それに合わせるようにって言うらしいの」

「それって神経質というより、身勝手なんじゃない？」

「そうかもしれない。でも、仕事はできるんだって。売り上げの成績がいいらしいわ」

食器を洗い終わった和子は、食器棚から急須と茶碗を取り出して言う。口調が不満そうだった。

「何の仕事しているの」

「化粧品会社の営業よ」

「業界の関係者なのね。佳絵ちゃんは仕事辞める気なんかないんでしょ？　だったら、日曜に休めと言うのは、確かに一方的よね」

和子がヤカンの湯を急須に注いだ。

「辞めたくたって、辞められないわよ。聞いたら、お給料も少ないのね、今の人は。とてもじゃないけど、幸也さんのお給料で、親子三人なんか食べていけないわよ。出産したら、相変わらず働くことになるんじゃないのかしら。でも、エステティシャンって、休日出勤があるし、夜も遅いし、保育園だって入るの大変らしいじゃない。苦労は続くわよ」

和子は心配そうに眉を曇らせる。

煎茶が入ったので、啓子は菓子の包みを解いた。「お雛祭りか」と、和子が桜の葉を剝がして、道明寺を指で摘まんで口に運んだ。啓子は葉ごと口に入れる。

「サイパンの結婚式って、いつなの」

「連休外して、三月の終わりの日曜だって。佳絵なりに頭を絞ったのよ。うちには親戚がいなくて、釣り合いが悪いからなの。外国だったら、みんな呼べないでしょう。それであちらも出席するのはご両親だけなんだって。うちは啓ちゃんとあたし」

「三月なら、あの子のお腹もそうは目立たないわね」

「いや、もう六カ月だから、かなり目立つんじゃないかしら。早く結婚式しないとカッコ悪いわ」

式には親しか呼ばないのに、和子はそんなことを言う。

「ところで、十三日のお食事誘われたけど、あたしなんかが行っていいの？」

啓子が聞くと、和子が桜の葉を手に取り、葉脈を眺めながら答えた。

「いいも悪いも、突然、結婚式で会うよりも、その方がいいんじゃないかしら。あちらのお父さんとお母さんは面白い人らしいわ。佳絵が言ってた。下手したら、ユキちゃんより面白いって」

「わかった。じゃ、顔だけ出すわ」

「頼んだわよ。結婚となると、さすがにあたし一人じゃ気圧《けお》されるわ」

和子は桜の葉から顔を上げずに、真剣な顔で言った。

「ねえ、それで例の件だけど、本当に打ち明けなくていいのね？」

啓子が思い切って念を押すと、和子が顔を上げた。

「言ったら、多分、幸也さんのことだから破談よ」

「後でばれても離婚になるかもよ」

啓子が言うと、和子は首を振った。

「籍を入れて生んでしまえば、子供は私生児にしなくて済むわ」

和子は、離婚した時のことまで想定しているのだ、と思った。


白髪を軽い茶に染め、肩まで届きそうだった髪を耳許でカットして貰った啓子は、気分よく帰宅した。

確かに、白髪を振り乱して老婆然としているよりは、落ち着いた中年女に見えないこともない。

誰にも知られたくない、見られたくない、と息を潜めて暮らしてきたが、どうせ犯罪マニアに居所も境遇も洩れているのなら、いっそ堂々と生きている方がいいのかもしれない。

郵便受けに一通の封書が届いていた。裏を返すと、「永田洋子を偲んで送る会　実行委員会」からだった。

拝啓
いかがお過ごしでいらっしゃいますか。

二〇一一年、二月五日午後十時六分、東京拘置所において、永田洋子が、病気のために死去しました。

私たちは、永田洋子の死を契機に、あの連合赤軍事件の意味を問い直し、犠牲となった同志たちを悼む会を持ちたいと考えました。

永田洋子は、獄中で病気のために長く苦しみました。だが、その苦しみをもってしても、最高幹部であった森恒夫と永田洋子の犯した指導の過ち、即ち十四名の同志の死を償えるものでは、到底ありません。

「偲ぶ」という言葉を使うことに、嫌悪を持つ方も、躊躇いを感じる方も多くいることでしょう。永田を「さん」付けで呼べない方も多くいます。その逡巡《しゅんじゅん》そのものが、連合赤軍事件の闇なのだと思います。

しかしながら、永田洋子も我々の同志でありました。そして、同じ路線を行く者でありました。

永田洋子の過ちは、我々内部にある過ちの根に通じるものであったに相違ありません。そのことを認識し、再びこのような過ちを犯さないためにも、永田洋子の死を考え、偲び、送る会を持ちたいと考えました。

皆様方のお話を伺いたいと思います。是非、ご参列をお願い致します。

敬具

三月十三日（日） 午後一時より

場所　コムライフ品川
主催　永田洋子を偲んで送る会　実行委員会

便箋の余白に、ボールペンで「是非、ご参列ください。お待ちしております。熊谷千代治」と書き殴ってあった。やはり、千代治が一枚噛んでいると見える。

風穴が塞がったと思っていたのに、またしてもひとつ開けられた。どうして、放っておいてくれないのだろう。啓子は顔を顰《しか》めた。

唐突に、一九八二年に、中野武男《なかのたけお》により永田洋子に下された判決文を思い出した。

「被告人永田は、自己顕示欲が旺盛で、感情的、攻撃的な性格とともに強い猜疑心《さいぎしん》、嫉妬心を有し、これに女性特有の執拗さ、底意地の悪さ、冷酷な加虐趣味が加わり、その資質に幾多の問題を蔵していた。

他方、記録から窺える森の人間像をみるに、同人は巧みな弁説とそのカリスマ性によって、強力な統率力を発揮したが、実践よりも理論、理論よりも観念に訴え、具象性よりも抽象性を尊重する一種の幻想的革命家であった。しかも直情径行的、熱狂的な性格が強く、これが災いして、自己陶酔的な独断に陥り、公平な判断や、部下に対する思いやりが乏しく、人間的包容力に欠けるうらみがあった。特に問題とすべきは、被告人永田の意見、主張を無条件、無批判に受け入れて、時にこれに振り回される愚行を犯した点である。

被告人永田は、革命志向集団の指導者たる資質に、森は長たる器量に、著しく欠けるものがあったと言わざるを得ない。繰り返し言うように、山岳ベースにおける総括を、組織の防衛とか、路線の誤りなど、革命運動自体に由来するごとく考えるのは、事柄の本質を見誤ったというほかはなく、あくまで、被告人永田の個人的資質の欠陥と、森の器量不足に大きく起因し、かつこの合体した両負因の相乗作用によって、さらに問題が著しく発展、増幅されたとみるのが正当である。山岳ベースリンチ殺人において、森と被告人永田の果たした役割を最重要視し、被告人永田の責任をとりわけ重大視するゆえんである」

（一九八二年六月十八日一審判決　中野武男裁判長）

先に自死した森恒夫を美化し、リンチ事件は、あたかも永田洋子の個人の資質が原因であったかのように断じた判決文は、連合赤軍事件をひとつの色で染め上げることには成功したようだ。永田洋子は鬼女である、という色に。

それにしても、永田洋子は何と不思議な運命を生きたのだろうか。

革命左派のリーダーに祭り上げられたばかりに、本人が思ってもいなかった方向に、その運命は転がり続けた。永田洋子はどんな風に、その生を終えたのだろう。啓子は詳しく知りたいと思った。

この会に行けば、当時の同志たちに会えて、永田の最期の様子も聞けるだろう。しかし、そんなことをして何になるのだろうか。

山岳ベースで起きたこと。

自分が分離公判で喋ったこと。

それらは、心の中のシャーレで培養して、何度も顕微鏡で眺めながら生きるしかないのだった。もっとも奇怪でグロテスクなのは、おまえの心だ、と自分が自分に指を突き付けている。


出欠の返事を出さないでいると、ある晩、電話がかかってきた。千代治が出席を要請するためにかけてきたか、と身構えたが、電話番号を示す表示には「公衆電話」とある。

「はい」と、苗字を名乗らずに、低い声で電話に出た。

「西田さんのお宅ですか？」

聞き覚えのあるような声に、動悸が激しくなった。

「そうですけど」

「ご無沙汰しています。久間です」

久間伸郎。電話を切ってしまおうかと思ったが、昔の恋人が自分に何を言うつもりなのか、聞きたくもあって切れなかった。

「久しぶり。うちの電話番号、どうして知ってるの」

千代治が喋ったに決まっているのに、わざわざ聞いてみた。久間はそれにははっきりと答えなかった。

「いや、何となく聞いたから」

最底辺の生活をしていると聞いたのに、久間の声は声量があって豊かだった。久間のよく通る低い声を聞いたのは、ほぼ四十年ぶりだ。啓子は久間の声が好きで、他人と議論している時の久間の声を聞いていると、陶然とすることさえあったのだ。

「あなたの声って、全然変わらないわね。びっくりしたわ」

啓子が言うと、久間が自嘲的に返した。

「声はどうか知らないけど、会ったら、きっとびっくりすると思うよ。道で擦れ違っても、誰も俺のことなんかわからないと思うもの。こんな風に歳を取るなんて、自分でも想像してなかった。いい風に考えているうちに、人生なんてあっという間に過ぎるんだね。気が付いたら、薄汚くて貧乏臭い爺いがいるんだよ、そこに。それはどう見ても俺じゃないんだけど、やはり俺なんだ」

目を閉じて聞いていると、久間の喋る表情が蘇ってくる。眉を寄せて困り顔を作りながらも、笑みを浮かべている男。

しかし、それは頬の肉も薄く、眼差しも鋭い二十五歳の時の顔だ。啓子の指を跳ね返すほどに固かった短い髪は、真っ白になったのだろうか。肋《あばら》が見えそうなほど痩せた体に、肉が付いた時期があったのだろうか。

「人生あっという間？　まるで終わったみたいに言うのね」

「終わったも同然だよ。気が付いたら、何も持ってなかったんだ、笑っちゃうくらいだよ。金もない、家もない、仕事もない、家族もない、健康もない。ないない尽くしで、むしろすっきりだけど、寂しいっちゃ、寂しいよね。若い時は、そんなこと何でもなかったんだけどさ」

　誇張の感じられない正直な言い方だった。「寂しい」という語に、啓子の何かが呼応した。

「あたしだって何もないわよ。家族は妹だけだし、親戚付き合いはほとんどないし、仕事はもうやめちゃったし、趣味もないの。後は歳取って死ぬだけだ、なんて思うよ」

　ジム通いと読書は趣味と言えなくもないが、久間に告げる必要はなかった。

「友達いないの？」

「そういや、いないわね」と、苦笑する。

「彼女どうした？　ほら、君塚佐紀子とかさ。あと、戸村《とむら》とか、斉藤《さいとう》とか」

　久間が何気なく連合赤軍の女性兵士や、革命左派の同志の名を出したので、啓子も素直に答えた。

「誰とも会ってないわ。連絡も取ってないから、近況も知らない」

「どうして」

「さあ、何となく縁が切れたままなのよ。正直に言うと、思い出したくないっていうのもあるかもしれないわ」

「もう、ずいぶん昔の話じゃないの」

久間が呆れたように言ったので、啓子は絶句した。と同時に、解放された気持ちにもなった。そう、昔のことではないか。何をびくついているのだろう。今更どうにもならない、終わったことではないか。

熊谷千代治の突然の電話と、永田洋子の死、そして姪の結婚が重なり、普段は忘れていることどもが、一気に表れ出てきただけではないか。

「そういや、啓子のオヤジさんもオフクロさんも、早く亡くなったんだよな」

急に、久間の声に同情が籠もった。

「そう、父親は私が服役中に肝硬変で死んで、母親が死んだのは、あたしが出所してから五年後だったかな。二人とも短命だったわ。真面目ないい人たちだったから、気に病んだのかもしれないわね」

「俺、啓子のご両親、会ったことあるよ」

「どこで？　実家に来たことなんかないわよね」

「公判で何度か見かけた」

久間がいつの間にか「啓子」と呼んでいることに気付いたが、そんなことよりも、久間が啓子の公判に何度も来ていたとは知らなかった。

　収監中に、久間とは手紙で喧嘩別れをしたままだった。喧嘩後、一度だけ会いに来てくれたらしいが、怒りの収まらない啓子の方で面会を拒絶したのだ。以来、会ったことがなかった。

「それ、いつの公判？」

「いつだったかな。最初の頃じゃないかな。啓子は前橋地裁だっただろう？　出所してから、救援センターで日にちを聞いて、前橋に行ったらご両親が来てたんだ」

　傍聴人も少ない狭い法廷なのに、どうして久間がいることに気付かなかったのだろう。久間の方で目立つのを避けていたのではないか、と思った。つまり、当時の久間は、啓子に腹を立てていたのではなかろうか。

「後で手紙にいろいろ書いたけど、その時、あなたを怒らせたらしいね。何でそんなに怒っているのかわけがわからなかったよ。でも、以後、受け取りも拒否されてしまったから、どうしようもない」

「だって、あなたは手紙に酷いことを書いてきたじゃない。敗北主義だの何だのって。自分だけよければいいのか、と。いくら自分がその場にいなかったからって、書いていいことと悪いことがあると思った」

　啓子は当時の自分の怒りに思いを馳せる。

「そうだったかな。それは悪かった。でも、もう俺、そんな細かいこと全部忘れちゃったよ。啓子はよく覚えている」

久間が呆気ないほど気楽に忘却を口にしたので、啓子は脱力した。

「オヤジさんが証言したのは覚えているよ。律儀な勤め人風の人だった。紺色のスーツを着ていた。うちの娘は幼い頃から誰よりも正義感が強くて、弱い立場の人に同情する優しい子供でした、と涙ぐんで訴えていた。あと、娘の事件のせいで、親戚で離婚騒動が起きたり、年頃の娘の破談もあった、と同情を誘うように言ってたな。みんな、うんうん頷いて聞いていたっけ」

坂東國男《ばんどうくにお》の父親は、あさま山荘事件後、首を吊った。啓子の親は自死などしなかったが、窶《やつ》れた顔をしたままだった。

「でも、あなたは、あたしの証人になってくれなかったわね。証人申請したのに、断られたって聞いた」

当時の啓子が、久間に怒ったのは手紙の件だけではなかった。その後、証人申請も断られたのだ。尖った声で思い切って言うと、一瞬、沈黙があった。

「だって、何を話せばいいんだ。俺は啓子の夫だったかもしれないけど、対等な同志だったんだぜ。俺の影響で啓子が山岳ベースに行きました、すみませんでしたって、謝るのかい？　そんなの啓子だって嫌だろう？」

啓子は虚しくなって押し黙る。久間に証人申請をしようと言いだしたのは、若い男性弁護士だった。彼の意図も、山岳ベースに行ったのは啓子の意志ではなく、夫の指示によるものだ、と罪を軽減しようとするところにあった。

久間のせいにするつもりは毛頭なかったが、同じ活動家として負けたくなかったし、久間に認めて貰いたい気持ちがあったのは間違いない。見栄や思い上がりや愚かしさ、そして屈辱。若い頃の感情は恥ずかしいことだらけだ。

「なあ、もう古い話、やめないか」

そう言ったのは、久間の方だった。

「そうね、やめましょう」啓子もきっぱり言う。「ところで今、公衆電話からかけてるんでしょう？」

「うん、携帯なんか持ってないからさ。拾ったテレカを使っている。今時テレカなんか使わないだろう？　俺、本当に貧乏暮らしをしているんだ」

「長話しちゃって申し訳ないわね」

「いいさ、拾ったテレカだ。なくなるまで話そうよ」

「でも、外にいるんでしょう。寒くないの？」

「寒いけど、心の方が寒いからさ。どうってことないよ」

啓子は声を上げて笑った。

「うまいことを言うじゃない」

「いつだって、心は寒いよ。独りぼっちって、そういうことじゃない？」

啓子は声は出さずに、曖昧な笑い顔をする。この硬直した顔は、久間には見えないはずだと思いながらも、的確な言葉にうろたえている自分がいる。

「でもさ、独りは気楽よ」

「それは、啓子がまだ本当には弱っていないからだよ」

なるほど。久間はよほど窮乏しているのだろう。

「気楽だと思っているうちは、まだマシなのかしらね」

「そうさ。俺なんか孤独の道行きだよ」

言葉が可笑《おか》しいと二人して高らかに笑った後、久間がしみじみとした口調で言った。

「啓子と話していると楽しいよ。こんなに楽しいのなら、早く電話すればよかった」

「あたしと話して、いったい何が楽しいの？」

「だって、愛も憎も共有しているじゃないか。そういう思い出を一緒にする人間って、この世にいるようで、案外いないいないぜ」

「それはそうだけど」

言葉を飲み込んだ啓子の語尾に、久間が被せた。

「だけど、何だよ」

「何でもない」

相変わらず、久間の勘は冴えている。久間は、啓子の違和感には人一倍敏感なのだ。

啓子は、私たちの間には愛より憎の方が遥かに強かったのに、どうしてあなたはそんなに忘れているの、と言いたかったのだ。

啓子は話題を変えた。

「そういや、あなた、今困っているんだって？　千代治から皆でカンパしているって聞いたけど、それ本当なの？」

単刀直入に聞く。

「そうなんだよ。俺、年金なんか途中で切れたりして、半分もないからさ。仕事がなくなったら、すぐさま飢えることになるんだよ。それなのに、事故で片足潰されて、動くのもままならなくなって、皆に助けてもらったよ」

「事故って？」

「車がぶつかって来てさ」

「だったら、保険金とか出たんでしょう？」

「雀の涙だよ」

「いったいどうしたの？」

「だから、ちょこっと轢かれたんだよ」

詳しくは言いたがらない。それに、生活の困窮に話が及ぶと、久間の口は急に重くなった。

「それは大変だわね」

昔の恨みなど忘れて、カンパしてやろうかと心が動く。一年間、「夫婦」として一緒に暮らした男なのだ。

「あたしも余裕はないけど、少しカンパしようか。住所を教えてくれたら送るわ」

「いいよ、そんなの。啓子から受け取れないよ。それより、久しぶりに会わないか。酒飲んで昔話しようよ」

「古い話はやめようよ、と言ったのはあなたでしょう」

「そうか」楽しそうに笑う。「でも、会おうよ。これが最後かもしれないしな」

「縁起でもない。そういう人に限って、しぶといって言うじゃない」

「いいよ、こんな世の中。生きていたって仕方がないじゃん」

「だったら、お昼ご飯でも食べましょうか。それなら奢ってあげられる。昼間からビールでも飲んでさ」

「ああ、いいね。楽しみだ」

会おうという誘いに乗ったのは、髪を染めて若やいだせいもあったかもしれない、と後で思い至った。


久間伸郎と会う約束をした日は、三月第二週の金曜日だった。

金曜の昼間はジムもないし、街が混む時間でもない。啓子にとっては、ちょうどいい。久間と昼飯を食べた後は、十三日の会食のための服でも思い切って新調しようか、と考えていた。

だが、当日は朝からどんより曇って北風が吹く、冬に逆戻りしたような日だった。

啓子は薄手のウールコートを着て行くつもりだったが、迷った末、冬の間着ていた古びたダウンコートに袖を通した。相手は困窮しているという久間だ。そんな遠慮もなくはなかった。

久間と待ち合わせたのは、午後一時。場所は新宿駅の東口改札だ。

啓子は、五分前に着くよう、時間を調節して改札に向かった。すると、鶏のように痩せた老人が、自動改札に寄りかかるようにして立っているのに気付いた。

改札に向かって来る人々を懸命に目で追っている。それが、四十年ぶりに会う、昔の同志で「夫」、久間伸郎の姿だった。

カーキ色の作業ジャンパーは防寒用らしく、ボアの襟が付いている。真新しいのは、そのボアだけで、作業ジャンパーも灰色の作業ズボンもくたびれていた。

頭蓋に張り付くほどに短く刈った頭髪は、ほぼ真っ白だ。戸外作業が長かったのか、顔の色は茶色に灼けている。

啓子は、久間の貧しい姿を見て胸が痛んだ。冷酷は承知で引き返そうかと思ったほどだ。そうしないと、自分が惨めになりそうだった。

「啓子でしょう？　すぐわかった」

ところが、久間は啓子が自動改札を通る前から、声をかけてきた。手を大きく振って、にこにこ笑っている。顔の造作は変わっていないが、ひどく痩せているために皺が深くなっていた。

久間が自分で言うほど、顔は変わっていない。だが、ホームレスすれすれの窮乏生活は服装から見てとれた。高卒の工場労働者で、労働運動を指揮していた久間は、一生をかけて本当に何も持たない人間になったのだ。

「こんにちは、ご無沙汰してます」

ようやく正対して頭を下げる。

「全然変わらないね、啓子は」

久間は、啓子より頭ひとつ大きかったはずだ。だが、啓子がヒールを履いているせいか、身長差がほとんどなくなっている。ハイヒールと言っても、五センチ程度の高さだ。

「あなた、縮んだ?」と、冗談めかして聞いてみる。

「ああ。栄養不足と怪我で、七センチくらい縮んだよ」

久間がそう答えて、歩きだす。右足の足首から先が大きく外に曲がっていた。従って、歩行には踵《かかと》を使う。スニーカーは右の踵だけが減っていた。

「怪我をしたのね。可哀相」

「もう十年も前のことだよ。保険金は食い潰したから、年金だけで食ってる」

「それじゃ足りないでしょう」

「だから、いいんだってば。俺は餓死するからさ」

案外本気ではないかと思われて、その悲惨さに気持ちが沈んだ。

「お昼、何食べる?」

わざと明るい声で尋ねると、何の躊躇《ちゅうちょ》もなく答える。

「中村屋のカレーにしよう」

「中村屋でいいの？　もっといいレストランとか行かなくていいの？」

「いいよ。俺がパクられる前に、啓子とカレー食ったの、覚えている？」

覚えていなかった。啓子がゆっくり首を振ると、久間が肩を竦めた。

「絶対に覚えてないと思ったよ。啓子はこう見えて、案外冷たいんだ。すぐ忘れるし、他人のことなんか本当はどうでもいいんだよ」

「失礼ね」

「失礼なのはそっちだよ。俺なんか、ムショでそのこと思い出して、何度も泣いたんだぜ」

「そんなの嘘よ。冷たいのはそっちじゃない」

他愛のないことを喋りながら、駅の階段を上り、東口に出て中村屋に向かった。四十年という時間が経ったことなど、あまり感じなかった。

久間は前後に大きく体を揺らしながら、右足を引きずって歩く。啓子はさりげなく久間の歩く速度に合わせた。

中村屋のエスカレーターに乗って、三階の食堂に入る。昼休みが終わって、ようやく席が空き始めたところだった。

久間の貧しい風体を見てぎょっとする客もいるが、久間が足を引きずって歩くと、ほとんどの客が気の毒そうに通路を空けてくれた。啓子は先に行って、奥の喫煙席を確保する。タバコを吸うかもしれない久間のためだった。

少し遅れて座った久間に念を押す。

「こんなデパートの食堂みたいなところでいいの？　せっかく四十年ぶりに会ったんだから、上のレストランに行った方がよくない？」

「いいよ。俺は中村屋のカレーが食べたかったんだ」久間は嬉しそうに店内を見回してから、啓子の顔を見た。「ご馳走になってもいいかい？」

「もちろん、いいわよ。ビールとサラダとカレーでいいの？　学生みたいなご飯ね」

啓子は、運ばれて来たビールを注ぎ、久間と乾杯した。

「何に乾杯したらいいのかしら」

「そら、フーセンババアにだろう？　冥福を祈るよ」

啓子は、はっと息を呑んだ。フーセンババアとは、革命左派の男たちが永田洋子に付けた綽名《あだな》だった。調子に乗って、どんどん膨らむからフーセンババア。だから、持ち上げてリーダーをやらせればちょうどいい、と。

「それで思い出したけど、明後日の十三日に『永田洋子を偲んで送る会』をやるって案内が来てたわ。あなたのところにも来た？」

久間がビールグラスに口を付けて、少し飲んでから答えた。

「来たよ」

「あなたも行くの？」

「啓子が行くなら行くよ」

「あたしは行かないわよ。その日は用事があるし、そういう集まりには興味がないの」

啓子はビールをひと口飲んだ。冷たくて寒い日にはなじまない気がした。ここで何をしているのだろうと思う。

「じゃ、俺も行かないよ。そんなところで懐かしい面々に会って同窓会やったって仕方ないよ」

「でも、千代治は、あなたを助ける運動してるよ」

久間の態度が不遜に感じられて、思わず口にする。

「俺が頼んだわけじゃないよ。勝手に同情して、俺の窮状を言い触らしているだけだ。あいつには、そういう騒ぎたてるところがある」

「だけど、カンパしてもらって助かったんじゃないの？」

久間が酔いで少し赤らんだ顔を上げた。

「さっき言ったじゃない。俺は餓死してもいいんだって。これが最後の晩餐かもしれないじゃないか」

「脅すのやめてよね」

顔は笑って言ったが、内心は不快だった。

「ごめん、もう言わないよ」

久間がカレーを食べ始める。「やっぱ辛いね」と言って、啓子の顔を見て笑った。その笑い顔は屈託なく、若い頃と同じだった。

「ねえ、古市っていうフリーライター知ってる？」

カレーを食べ終わって、懐からタバコを取り出した久間に尋ねてみる。昔と同じハイライトだった。タバコに火を点けて、いがらっぽい煙を吐き出した久間は、何も言わずに首だけ横に振った。

「知らないのね。その人、あたしの話を聞きたいっていうの。千代治までが、西田さんは今まで話をしていないから、この際、総括したらどうかってしつこいんで嫌になったわ」

「何て答えたの？」

久間が口の中に入ったらしい、タバコの葉を指で摘まんだ。その仕種は変わっていない。

「あたしにはまだ言語化できないから嫌だって言った。だって、あの時、何が起きて、今何を考えているとか言われても、まだわからないんだもの。それで、みんながあなたはどうしたんですって聞きたがるでしょう。そういうのもとっても嫌なの」

久間がタバコを吸いながら、体操のように首を捻った。右に左に前に後ろに。そして、ぐるぐると回し始めた。

「もういいじゃない。今時、誰も何とも思ってないよ。何でそんなに気にするのか、わからない」

「それは、あなたが当事者じゃないからでしょう？」

「当事者だってそうだよ。生き延びたヤツらだって、みんな何とも思わずに普通の生活をしているさ。啓子みたいに怯えてなんかいないよ」

私は怯えているのだろうか。何か喋ろうと思った時、目眩《めまい》がして体が揺れた。貧血を起こしているのかと不安になった時、フロア全体が揺れていることに気付いて、地震だとわかった。

揺れは収まらず、どんどん激しくなる。どこかで悲鳴を上げる女がいて、何かが落ちて割れる音がした。テーブルの上のグラスが右に左に滑って落ちそうになったので、慌てて手で押さえた。

「怖い。ちょっと大きくない？」

久間を見遣ると、久間は天井を振り仰いでいた。天井のパネルが波打っているのを見て、薄笑いを浮かべている。餓死したいというのは本気なのだ、と啓子は震撼した。

揺れはいっそう激しくなって、テーブルの上にあったビールグラスが床に落ちた。あちこちで、悲鳴や食器やグラスの割れる音が聞こえる。

転がるように、中年男が外に飛び出して行った。釣られたのか、数人の客が走り去る。

「テーブルの下に伏せてください。落ち着いて、駆け出さないでください。このビルは耐震建築ですから、大丈夫です。テーブルの下に伏せてください」

連呼する男の声が聞こえたが、悲鳴にかき消されてしまった。

長く感じた揺れがようやく収まった時には、誰からともなく声が上がった。

「ああ、怖かった」

「大きかったね」

椅子にしがみ付くようにして揺れに耐えていた啓子は、ようやく身を起こした。

店内は騒然としていた。かなりの数の客が席を立ち、金を払って店を出て行った。

レジでは、停電を心配したらしい女性店員が、大声で報告を上げている。

「レジは大丈夫です」

残った客は茫然とした体《てい》で、周囲を見回している。

隣の席の会社員風の若い男は、さっきから携帯で電話をかけているが、繋がらないと見えて、何度も「やっべえな」と大きな声を出した。

「これまでで、一番大きかったわね」

久間の顔を見ると、さっきまで笑っていた久間も、さすがに真面目な顔付きをしていた。だが、口調は長閑《のどか》だった。

「震度どのくらいかな。5はいっただろうな。阪神・淡路と、どっちが大きいんだろう」

「震源はどこかしら。テレビを見たいわね」

テーブルから滑り落ちそうになったので、手で押さえていたグラスに啓子は今頃気付いて、そのグラスから水を飲んだ。しっかり握っていたせいか、やや温《ぬる》い。

店員たちが、床に落ちて割れた皿や料理などを片付け始めた。

久間がハイライトに火を点けて、煙を吐き出しながら言う。

「この分じゃ、電車も止まってると思うよ。点検に時間がかかるし、余震も心配だ」

だったら、どうやってアパートまで帰ればいいのだろう。徒歩しかないのか。

和子に電話で様子を聞いてみることにしたが、やはり啓子の携帯も繋がらなかった。

誰もが家族の安否を気遣って、一斉に電話をしているのだろう。

都内の商業ビルの中にいるから、この程度で済んでいるが、安普請《やすぶしん》の自分のアパートは潰れてしまったかもしれない。あるいは、火事でも出しているのではないかと思うと、急に心配で堪らなくなった。

「申し訳ありませんが、今日の営業は中止させて頂きます。まだお食事中の方は、どうぞそのまま召し上がって頂いて結構です。お帰りの方は、お気を付けてお帰りください」

支配人らしき男が、各テーブルを回って告げている。立ち止まって、客の質問に答える声が聞こえてきた。

「震源地ですか？　三陸沖だと聞いています。東北三県に津波警報が出ているそうです。詳しいことはわかりませんが、被害がずいぶん出ているようですよ」

金を払って表に出ると、大勢の人が新宿通りの歩道に立ち尽くしていた。

どこに行って、何をすればいいのか、わからないようだ。寒そうに肩を窄《すぼ》め、携帯電話を片手にうろうろしている様は難民のようだ。

風が強まって、体感温度が低くなった。啓子は、薄手のウールコートではなく、ダウンコートを着てきてよかったと思った。金のない久間に会うから、と洒落た服装をやめたのが幸いした。啓子は思わず苦笑する。

紀伊國屋書店や伊勢丹デパートからも、ぞろぞろと人が溢れ出てきた。

稀に空車のタクシーが通りかかると、手を挙げて停めようとする人がわらわらと群がった。その数は十人以上だ。やはり、電車が止まっているのだろう。

「これはパニックになるな」

騒乱好きの久間が嬉しそうに声を弾ませたが、人々は整然としていた。

新宿駅まで歩く途中、スタジオアルタの大きな街頭モニターに、黒い津波が田んぼや車を呑み込みながら、奥地まで浸入していく様が映し出されていた。

啓子は無言でモニターを見つめた。

阪神・淡路大震災の時は、傾いた高速道路や潰れたビル、燃え広がる炎をテレビで見て、この世の地獄だと思ったが、津波もまた、まるで悪い夢が広がっていくようで禍々《まがまが》しかった。

「啓子、ちょっと、ここで待っててくれないか。駅のロッカーに荷物があるから、取りに行ってくる」

足を引きずりながら、懸命に啓子と並んで歩こうとしていた久間がそう言った時、啓子は大モニターの津波の映像に目を奪われていて、返事をし忘れていた。

「待たせたね」

肩を叩かれて振り向いた啓子は、驚いて久間を見た。大きなボストンバッグがひとつ。そして、荷物を満載したカート。カートには傘まで括《くく》り付けてある。どう見ても、ホームレスの姿だった。

「あなた、おうちがないの？」

率直に聞くと、久間は曖昧な答え方をした。

「家はあるんだよ。あるんだけど、入れなくなってしまったんだ」

「どういうこと」

「家賃滞納して、追い出されている。もう三日になるかな」

久間は低い声で答えた。陽に灼けた顔が、急に青黒く見えた。

「家具や布団はどうしたの」

「全部、差し押さえられているんだ」

「何カ月分、滞納しているの？」

「八つかな」

少しくらいなら貸してやろうかと思ったが、八カ月分と聞いて諦めた。何とか融通しようと思ったのは、久間が自分の家にまで付いて来るのを怖れたからだった。自分が冷酷に思えたが、仕方がない。

しかし、久間は啓子の逡巡になど気付かない様子で、啓子の顔を覗き込んだ。

「啓子の家はどこなの。今、駅で聞いてきたけど、どの線も皆止まってるってよ」

「あたしの家は、西武新宿線の武蔵関《むさしせき》だけど」

やむを得ず、正直に答えた。

「武蔵関か。区の外れだっけ。ここから歩いて、どのくらいかかるかな」

新宿からなら、十五キロはあるだろうか。青梅街道を延々と歩けば着くだろうけれど、歩いたことなどないから、いったい何時間かかるか見当も付かない。

しかも、三月とは思えない寒風の中を、薄いストッキングとパンプスで、十五キロも歩くことを想像しただけで溜息が出た。

「どうしようかしら。タクシー来ないかな」

辺りを見るが、タクシーはすべて人が乗っていた。しかも、新宿通りを埋め尽くした車列は微動だにしない。

「送って行くから、歩こうよ」

一緒に帰れば、家のない久間を追い返しにくいのではないか、と迷いがある。

「もうちょっと待ってみるわ。電車が動くかもしれないから」

しかし、歩道の人数はどんどん膨れ上がって、車道にはみ出している。

新宿駅からも、長蛇の列が出来て、大きく曲がっていた。電車が動くのを待っているのか、それともなかなか来ないバスやタクシーを待つ人々か。

「啓子、歩こう。歩くしかないよ。俺が一緒に行くからさ」

久間が、足を引きずりながら手招きする。郊外に向かってざくざく歩く人混みの中を、二人並んで歩きだした時は、午後四時を回っていた。


新宿駅から徒歩で、武蔵関の啓子のアパートに辿り着いたのは、午後十時近かった。途中、何度もコンビニやファミレスで暖を取ったり、トイレを借りたりしたからだ。

啓子は、自分のアパートも、その周辺も、無事に残っていたのでほっとした。

だが、アパートの住人たちは勤め先や学校から戻れなかったのか、いつものこの時間なら灯《とも》りが点った部屋が多いのに、ほとんどが真っ暗だった。

「ここがあたしの住まいなんだけど。どうする？　ちょっとだけ休んで行く？」

少しくらいなら休ませてやろう、と親切心が湧いたのは、共に歩いた道中が長かったからだ。

足の悪い久間は、井草八幡宮を越えた辺りから、さすがに疲れたらしく、ほとんど口を利かなくなり、遅れ気味だった。

「ありがとう。じゃ、ちょっとだけ休ませて貰ってもいいかい。それなら御の字だよ。すぐ出て行くから、心配しないで」

久間にも、啓子の逡巡は伝わっているのだろう。啓子は安心した。

「とりあえず、中を見てみるわ」

鍵を開けて部屋に入ると、キッチンの壁に押し付けてあった小さな食器棚がずれていた。食器自体はガラス扉に守られて無事だったが、上に置いてあった陶器の皿が落ちて割れている。

居間にあるスチール製の本棚は倒れて、本が床に散乱していた。

「あーあ、疲れて帰ったのに、この始末があるのか」

思わず声を出すと、久間が労《ねぎら》うように肩を叩いた。

「いいよ、啓子。俺がやるから、ちょっと休んでいなさい」

久間は倒れた本棚を、両手で摑んで起こした。起こす時に、さらに多くの本がばさばさと落ちる。

久間が本を一冊拾って、吟味するように背表紙を眺めた。その視線に苛立って、啓子は大声で言った。

「それ、適当に入れておいてくれる？　後であたしが整理するから」

「わかった」

啓子は、久間が書籍を丁寧に扱うのを知っている。レコードもそうだし、服も下着も食器もグラスも何もかもそうだ。久間は、人より物を大事に扱う。

その仕種や表情を思い出して振り向くと、久間と目が合った。

「すごく疲れたわ」と、呟いて目を背けた。

疲労ですぐに動く気がしない。啓子は二人掛けのソファに座り込み、物憂くテレビを点けた。

どの局も、延々と災害の映像しかやっていない。仙台空港に迫る津波。車や飛行機がまるで玩具のように流されて行く。そして、暗闇の中で燃えている家々。

「東北は酷いことになっているな」

一緒になってテレビに見入っていた久間が、昂奮を抑えられない口調で言った。

「気の毒に」

思わずテレビに見入って寒さを忘れていたことに気付いて、エアコンのスイッチを入れた。長く戸外にいて体が冷え切っていた。

留守電が点滅している。聞いてみると、果たして妹の和子からだった。

『もしもし、和子です。すごい地震だったわね。啓ちゃんとこ、大丈夫だった？　うちはあちこち倒れたり、壊れたりしたけど何とか無事よ。佳絵は今日帰って来れそうもないから、友達のうちに泊まるって。携帯かけても駄目だったけど、家の電話は大丈夫だから、電話してみた。また連絡します』

留守電のテープが切れた後、久間に説明する。

「覚えてる？　妹よ」

「ああ、妹さんか。会ったことないけど、仲がよくないって言ってなかったか？」

「あの時はね。当時の妹はあたしに批判的だったから」

「今は仲がいいんだね」

皮肉には聞こえなかった。

「仲がいいっていうか、相変わらず気は合わないけど、歳を取ったから、助け合ってるの」

「俺なんか、みんな縁が切れたよ。オヤジは死んで、九十三になるオフクロは施設に入ったらしい。兄貴とは絶縁しているんだ」

「それはいつから？」

「ずっと昔。五十年くらい前からだ。俺が活動している時から」

兄と絶縁しているのなら、足を悪くしてホームレスになった久間を、誰が助けるのだろうか。千代治が言うように、元の「妻」の自分か。また関わり合いを持ってしまったことを後悔した。

「啓子、妹さんに電話しなくていいの？」

「今、する」

啓子は、家の電話で和子に電話した。久間は音を立てないようにして、本を片付ける作業を続けている。

何度もコールが鳴って、切ろうとした頃に和子が出た。

「はい」と不機嫌な声だ。

「もしもし、和ちゃん？」

「夜中の電話って、ドキッとする。携帯に電話くれればいいのに」

和子はいきなり文句を言った。

「だって、携帯通じなかったから」

「もう、通じるわよ」

「そう？　知らなかった。まあ、無事でよかったわ」

「電話くれるの遅かったから、ちょっと心配した」

「ごめん。ついさっき家に戻って来たのよ。今日は新宿に行ってたから、青梅街道歩いて帰って来た」

「あら、それは可哀相。新宿には何しに行ったの」

一瞬、言葉に詰まって、久間を見た。

「買い物とか。十三日の食事会は予定通りなの？」

「連絡がないから、予定通りだと思うわ。じゃ、明後日ね」

電話を切ってから、久間を見た。手際がいいのか、本は皆収められていた。それも、元にあった場所とそう変わらない位置だった。

「終わったよ。これでいいかな」

久間が懐を探って、ハイライトに火を点けようとした。

「あ、駄目。ここは禁煙だからね。灰皿もないし、吸わないで」

よほどきつい口調だったのか、久間が慌ててポケットにタバコを仕舞って苦笑した。

「怖いね」

「だって、あたしの家だもの」

「そうだけどさ、言い方っていうか」

久間が言葉を切って、畳の上にどうっと胡座《あぐら》をかいた。悪い方の足を揉み始める。両方の靴下の踵に、大きな穴が開いていた。

啓子は久間の靴下から、玄関にある久間のカートと荷物に視線を移した。ボストンバッグが、埃で白く汚れていた。

「ねえ、今日は泊まったりしないで帰ってね」

思わず念を押した。

「わかってるさ」

久間は怒ったように答えた。しかし、ここを追い出されたら、久間は寒い道路で寝るしかないのだ。

「でも、そしたらどうするの。どこで寝るの」

「何とかなるだろう」

そう、自分で何とかして貰うしかない。情けに負けて、ひと晩泊めたら、久間はこの部屋を出て行かなくなるかもしれない。意地でも、久間を住まわせるわけにはいかなかった。

「気の毒だと思うけど、本当に自分で何とかしてね」

啓子は立ち上がって、キッチンの床に飛び散っている陶器の破片を片付け始めた。

「ごめんな、お邪魔しちゃって。飯おごって貰って、別れるつもりだったんだけど、何だか寂しくなって付いてきちゃった」

「それはいいのよ。ただ、長居されると困るの。だって、もうとっくの昔に別れたんだし」

「そりゃそうだ。わかってるよ」

本当にわかっているのだろうか。

啓子は不信感を拭えぬまま、割れた皿の破片をレジ袋に入れて、拭き掃除を終えた。落ち着いたところで、茶でも淹《い》れようかとガスを捻ったら、着火しない。地震のために、マイコンメーターが作動しているのだと気が付いた。

マイコンメーターは、建物の裏に纏めてある。一階に降りて自分の部屋のメーターを探し、復帰させなければならないのが面倒だった。

「ごめん、火が点かない。下に行って、マイコンの復帰させなきゃならないんだった」

啓子が落胆を隠さずに言うと、久間が手を差し出した。

「俺が行ってやるよ。懐中電灯あるか」

古い懐中電灯を差し出すと、久間がそれを握って暗い廊下に出て行った。

しばらくすると、久間が戻ってきた。寒かったらしく、白い息を吐いている。

「終わったよ。もう大丈夫だと思うから、点けてみて」

ガスを点けると、青い炎が燃えた。ヤカンに水を入れて、火にかける。湯が沸いてくると、心が緩むのがわかった。

久間をどうやって帰そうかと悩んでいたのに、こんな晩に一緒にいる人間がいて、急にほっとしている自分が不思議だ。

「伸郎、ありがとう。居間を片付けたら、そこに寝ていいよ。今日、泊まっていきなよ。ここまで歩いてきたんだから疲れたでしょう」

「のぶお」と、つい昔呼んでいた名前で呼ぶ。

「ありがとう」久間が不自由な足を折って、頭を下げた。「すみません、感謝してます」

「お腹空いたね。何か食べる？」

久間が何も言わずに頷いたので、米を炊いて、冷蔵庫の中にあった惣菜の残りと、鮭缶で遅い夕食を食べた。焼酎があったので、お湯割りにして乾杯する。

久間は遠慮しているのか、あまり飲まなかった。

久間は風呂には入らないと言うので、啓子だけ入って上がると、久間はテレビを眺めていた。テレビでは、昼間の被災地の映像を流している。

「お風呂に入らなくていいの？　寒かったから、気持ちがいいわよ」

「いいよ、あまり綺麗じゃないから」

「それじゃ、布団が汚れるじゃない」

啓子が不満げに言うと、久間が苦笑した。

「いいよ、啓子の家の布団なんか使わないよ。このまま寝させて貰う。そして、明日の朝、啓子が寝ているうちに出て行くから心配しないでくれよ」

居座りは困る、と内心怯えていた啓子の胸の裡を読んだような言い方だった。

「そうなの？　あたしは一人暮らしをしていこうと思っているから、それは有り難いけど」

「けど、何？」と、その先を促される。この言い方は、電話でもされた、と思い出す。

「追い出すようで申し訳ないと思っているのよ。あなたが困っているのを知ってるから」

「いいよ。寂しいけれども、仕方がない。俺たちは他人なんだから」

久間が冷蔵庫にマグネットで留めた便箋に気付いて、覗き込んだ。

「永田洋子を偲ぶ会か。俺のところにもきたよ。そのまま破り捨てたけどね」

「でも、あなたは昼間あたしが行くなら行く、とか言ってたじゃない。主体性ないわね」

ふざけて言うと、久間が肩を竦めた。

「そんなもの、とうにないわ」

啓子は、発泡酒を開けて、グラスに等分に入れた。ひとつを久間に差し出した。

「じゃ、乾杯しよう」

「何に乾杯するんだ」

飲んだ。


「再会と別れに」

「いいね、啓子は冷たい女だから」

冷たいのはどっちだ。

思わず、当時の怒りが湧き上がりそうになったが抑えて、代わりにぐびりと発泡酒を飲んだ。

「永田洋子が死んだのも、こんな大地震が起きたのも、時代が変わっていく徴《しるし》なんでしょうね」

当たり障りのないことを言ったつもりだったが、久間の表情が一変して、苦い物でも飲んでいるように眉を顰《ひそ》めた。

「啓子はそう言うけどさ。俺はフーセンババアの死なんて、どうでもいいよ。病気だってことはわかっていたし、死刑にもならずに済んだんだろう。そんなの別にエポックメイキングなことでも何でもないよ。それよっか、今日の地震の方が凄いさ。フーセンババアも天変地異に負けたんだ」

久間は語気鋭く言い放った。急に発泡酒の味が苦く感じられた。

「あたしは永田洋子が死んだことも、地震も同じだと思う。何かが終わったんだよ」

「勝手に意味付与してればいいさ。啓子は、フーセンババアに可愛がられたものな」

相手を完膚なきまでに言い負かそうとする、憎しみのようなものを感じて絶句した。

「そんなことないわよ。あたしは永田さんはあまり好きじゃなかった。自分だけが、川島さんの意見を伝えられると自慢げだったし、幼稚な人だったと思うよ」

「でも、誰も抑えられなかった」

「あんたたち男が、フーセンババアとか言って、上に持ち上げたからでしょう」

「それもある」久間が呆気なく認めて、発泡酒を飲み干した。「啓子、ケチケチで暮らしているのはわかってるけど、焼酎貰っていいか？」

啓子は気を悪くして棚にある焼酎の瓶を指差した。

「どうぞ。ケチケチで悪かったわね。勧めたのに飲まないから、仕舞っただけでしょう。こんなこと言いたくないけど、お昼をおごって、家に泊めてあげてるんだよ。そんなこと言わないでよ。頭に来るなあ」

「ごめんごめん」

久間は焼酎を発泡酒が少し残ったグラスに、そのまま注いだ。酒が好きらしく、相好を崩している。

「じゃ、頂きます」

グラスに半分ほど注がれた焼酎は、薄い茶色に染まっている。久間はそれをひとくち飲んだ。

「あのさ、俺聞きたいことがあるんだ。それで啓子に会いたいとずっと思っていたんだよ」

「何について聞きたいの」

啓子は、久間が薄笑いを浮かべているのに気が付いた。中村屋で地震に遭った時、揺れる天井を見ていた時と同じ表情だった。

久間の内部で長く培われた暗いものが、再び面《おもて》に現れたかのようだった。

「何について、か。場合によっては喋れないってか」

「嫌な言い方。まるで訊問ね」

啓子も発泡酒を飲み干してから、久間の真似をして焼酎をグラスに注いだ。

「じゃ、聞くよ。おまえさ、俺たちの子供、どうしたんだよ」

「子供なんていなかったわよ。何、言ってるの」

「いたよ。おまえは、山岳ベースに入った時、俺の子、妊娠してただろう。だから、永田に誘われたんじゃないか」

久間は何を根拠にそんなことを言うのだ。啓子はキッチンの壁を振り返った。蜘蛛はもういない。


テレビ画面には、黒い波が次々と民家を呑み込みながら、陸地を奥へと走って行く様が繰り返し映し出されていた。

建物や車、電信柱、ガレキなどが、一緒くたに洗濯機の中に放り込まれたかのようにうねっている。物凄い光景だった。あの黒いうねりの中で、何百人何千人の人たちが溺れているのかもしれない。想像すると息苦しい。

よりによって、未だかつて経験も想像もしたことのない災害の日に、久間と再会するとは思ってもいなかった。また久間から、「俺たちの子供」という言葉を聞くとも、予想だにしていない。

啓子はテレビ画面に目を奪われたまま、放心したように動けなくなっていた。

久間が焼酎に口を付けてから、思い切ったように口を開いたが、声音は穏やかだった。

「俺は子供のことがずっと気になってしかたがなかったんだ。だから一度、啓子に会って聞いてみたいと思いながら、暮らしていた。恥ずかしいけどさ、たった一人で生きてきて、そろそろ死も遠くはない、と意識し始めた途端に、俺に子供がいたらどうだったんだろう、もし、いたのなら会ってみたい、という考えに囚われるようになってしまったんだ。若い頃は、子供のことなんか、まったく考えもしなかったのに、不思議だよ」

久間が言葉を切って分厚い唇を舐《な》めた後、答えを求めるように、啓子の目を覗き込んだ。

「あたしたちに子供がいたかどうかって、そんなに気になること？」

啓子は久間の視線の強さにややたじろいだが、久間に負けてはならない、と肩に力を入れた。

「気になるさ。いなきゃ、いないでいいんだよ。でも、もしいたのなら、なぜ俺に隠していたんだ、と腹も立つし、俺の子なら、俺にだって子供の行く末を決める権利は半分ある、と思うよ」

「そんな嘘を聞いたのはいつ？　誰から」

　啓子ははっきり「嘘」と言った。久間が少し驚いた顔をする。

「さあ、五、六年前じゃないか。千代治に聞いたんだよ。千代治と再会して、千代治が昔の仲間に連絡を取っているという話を聞いた。俺が、『啓子はどうしてるんだろう』と聞いたら、『詳しくは知らないが、都内で一人で生きているらしいよ』と千代治が答えた。その時、千代治が、『啓子は山に来た時、妊娠していたらしいね』と付け加えたんだ。それで、永田洋子が啓子を強く誘ったのだ、ともね」

　千代治が噂の源だったのか。自分に電話してきた時は、そんなことはおくびにも出さなかったのに。啓子は腹立たしく思いながら、強く否定した。

「千代治は知ったかぶりして、適当なことを言っているだけよ。あたしは誓って妊娠なんかしていない」

　強い口調に驚いたのか、久間が慌てた風に謝った。

「不快だったら謝る。でも、質問には答えてほしい」

「答えたじゃない」

「じゃ、千代治が俺に嘘を吐いたのか？」

「そうよ」

「何でそんな嘘を吐く必要があるんだ」

「千代治に聞いてみたら？」

啓子は挑戦的に言った。

テレビ画面は、夜の闇の中でオレンジ色の炎を上げて燃える海へと切り換わった。

『気仙沼市では、湾に洩れた重油に引火し、湾内全体が火の海となりました』

一日中、ニュースを読み上げているアナウンサーが、疲れを滲《にじ》ませた表情で二度繰り返した。

「もう一回言うけど、あたしは妊娠なんかしてなかったよ。だって、あなたは公判であたしの姿を見たんでしょう？」

ムキになっている自分に気付かないふりをして、啓子は久間の横顔を窺った。短く刈られた白髪、深い皺が刻まれた顔。老いが剝き出しになっていた。

啓子の視線をはね除《の》けるように、久間は細くなった皺首を傾げた。

「見たけど、公判は確かパクられてから、半年以上は経っていたはずだ。もし、啓子が妊娠していたのなら、すでに産んだ後だろう」

久間はしつこい。啓子は大きく息を吐いた。傍らにあった、発泡酒のアルミ缶を手でべこべこと潰す。

「いい加減にして。あなたはあたしが山に行く前に逮捕されていたじゃない。たとえ妊娠してたとしても、あなたの子ではないよ」

「啓子が山に入ったのは、十一月だろう。だったら、最低でも妊娠三カ月だ。あり得る。パクられる前は一緒に暮らしていたじゃないか」

久間は啓子の言が信じられない様子だ。

「どうして今頃になって、子供のことなんか気にするの。あなたは子供嫌いだったじゃない」

啓子は、久間の破れた靴下に目を遣った。黒く汚れた踵が見える。久間は啓子の視線に気付いて、手で踵を隠す仕種をした。

「人生そろそろ終わりかと思うと、俺の遺伝子は俺でおしまいか、と寂しくなったんだよ。そこに、啓子が子供を産んだのではないかという噂があると、飛び付きたくなるじゃないか。孤独の道行きに、ちょっとでも希望がある、というところだろうな」

久間は疲れた様子で、窪んだ両目を指で押さえた。

「つまり、気が弱くなったのね」

啓子のからかいを、久間は否定しなかった。

「そう、気弱になった」

「あなたみたいな人は、強面《こわもて》だったのに、孫ができると相好を崩して可愛がるタイプなのかもね」

「そうかもしれない。何か愛する対象が欲しいんだよ。何度も言うけど、自分がそんな気持ちになるとは思ってもいなかった。時折、野良猫なんか見るとね。こっちにおいで、なんて声をかけることもあるよ。懐に入れてやりたくなってね」

久間が自嘲的に言うので、思わず目を見合わせて笑ってしまう。

「その気持ちはわからなくもないわ。あたしもどこかに子犬が捨てられていたら拾っちゃおうかな、なんて思うことがあるもの。ほんの一瞬だけどね」

「今時、捨て犬なんかいないよ」

久間が笑った。

「みんな保健所に連れて行かれちゃうものね」

「うん、野犬なんて見ないだろう？　それに今は、飼い主が自ら要らなくなったって言って、保健所に連れて行くらしいぜ。ペットショップなんかはさ、引き取り業者がいるんだ。俺の知り合いがその商売をやっていたよ。一匹引き取ると二万くらい貰えるらしい。山の中でたくさんの檻を置いて、犬はその中で死ぬんだ」

「可哀相。大きくなった犬はどうするんだろうと思ってたわ」

話がどんどんずれていく。雑談をしていると、久間と打ち解けてしまうようで怖ろしい。啓子はテレビの画面に目を遣った。震災特集番組が組まれている。

「コマーシャル、全然やらないね」

話を変えると、久間が頷いた。

「企業もこんな時にＣＭ流して、反感を買いたくないんだろうさ」

しばらく黙っていると、久間が何かを見付けたらしく、立ち上がった。本棚にある田村隆一の詩集を眺めている。

「啓子、田村隆一なんか好きだったっけ？」

「昔ね」

「へえ」と小馬鹿にしたように言って、本を勝手に抜いて眺めている。啓子は、人の本棚を品定めするのは、あまりいい趣味だとは思わない。久間は昔から、こまやかさに欠けていたと思い出す。

「あなた、吉本隆明が好きだったよね？」

「今でもね。あの頃から俺は純真だったんだよ」

久間がふざけて答えた。

「たくさん喧嘩したよね。あなたみたいな男とは一緒にいたくない、と何度も思った。あなた、カワイコちゃんが好きで、しょっちゅうオルグとか言って女の子に手を出していたよね」

「カワイコちゃんって死語だよ」と、笑う。

見るからに、激しい戸外労働をしていたとわかる陽灼けした顔に、短い白髪。貧しい服装。今の久間には、女にもてて喜んでいた当時の面影はない。

「そんなのわかってる。あなたが喜ぶと思って、わざと言ったんだよ」

啓子は自分の意地の悪さにうんざりしながら、久間のグラスに焼酎を注いだ。溢れそうになった液体に、久間が慌てて口を付ける。

「あのさ、もうひとつ聞いてもいい？」

思い出ごっこをするつもりなのか。啓子は答えずに、久間の顔を見つめた。

「俺の手紙、受取人拒否で戻ってきたじゃない。俺はそんなに腹を立てるようなことをしたか？」

その話は電話でもしたはずだ、と腹立たしくなる。

「前の手紙で、あなたはあたしが統一公判で頑張らなかった、と怒ったでしょう。あと、簡単に罪を認めてしまって闘わなかった、敗北主義だって書いてあった」

「書いたかもしれない」

「しれないじゃないよ、自分が書いた癖に」

四十年も前のことなのに、自分が誰からも理解されていない怒りが容易に蘇った。好きで一緒に暮らした男にさえも、理解されなかったのだ。

「ははあ、啓子はそのことで怒ってるんだな」

「当たり前じゃない。だって、森林法違反、爆発物取締法違反、火取法違反、銃刀法違反に、殺人、死体遺棄。あたしがいくつ訴えられたと思っているの？」

啓子は指を折って数え上げた。

「よく覚えているな」

久間が苦笑する。

「冗談じゃないよ。取り調べは、極悪なヤクザに対するようなものだった。接見禁止で情報は入らないし、みんな死刑になるんだと恫喝《どうかつ》されて、おまえは何をやった何をした、と毎日責められて、あたしには黙秘するような気概はもう残ってなかったよ。また、その意味もなかったんだよ」

　気付けば、若い頃、討論した時のように昂奮していた。

「何で意味がないんだ。闘えばいいじゃないか。啓子が弱いんだよ」

「違う、そこが違うんだってば」

　啓子は必死で言った。

「どこが違う？」

「もう、あたしたちの闘争じゃなくなっていたんだよ」

「どういう意味だよ。ちゃんと説明してくれよ。展開しろよ」

　啓子はもどかしさに身を捩《よじ》った。

「展開？　まだ、そんなことを言ってる。証人喚問にも来なかった癖に」

「啓子が、俺の手紙や証人喚問に拘っているとは知らなかったよ。ずいぶん恨みがましいね。それで子供のこともオフリミットか」

　啓子は声を荒げた。

「何もわかってない。あなたと話すのはもう嫌だ」

「またか。感情的になると、すぐそうやって逃げるんだよ。昔からそうだ。論理的に説明してくれよ」

　久間が両手を上げて、昂奮した啓子を宥めるような仕種をした。

「感情的で悪かったわね」

二十代の頃の、久間に対する憤怒が戻ってきたような気がして怒鳴った。

「悪いよ。何で啓子はそう喧嘩腰になるんだ」

「あなたは何もわかっていないし、全然変わらないからよ。論争になると、そうやって上から目線で、あたしを論破しようとする。その癖、頑固で聞く耳を持たない。どうせ、あたしの逮捕なんて他人事だと思っていたんだよ。あなたと話すのは消耗だから、もう話したくない。ここに朝まで居てもいいから、電車が動きだしたら帰ってね。じゃ、お休み」

啓子は一気に喋って寝室に入り、ぴしゃりと襖を閉めた。久間の方は振り返らなかった。

久間はテレビを見ているらしく、音量を絞ったテレビの音がずっと聞こえていたが、啓子は久間の帰るのを確認しないうちに寝てしまった。


翌朝は、いつもの起床時間より遅く目覚めた。午前八時過ぎ。晴天だった。ベッドの裾に掛けてあったカーディガンを羽織って、襖をそっと開ける。久間の姿はなかった。約束通り、夜明けとともに帰ったらしい。

焼酎のボトルは半分以上減っていたが、グラスも食器も何もかも綺麗に洗われて、テーブルの上にきちんと並べてあった。昨夜は夢でも見ていたのだろうか。まるで二十代の頃に戻ったような、不思議な夜だった。

啓子は玄関の扉に施錠しながら、自然と久間の置き手紙かメモを探している自分に気が付いた。だが、メッセージは何もない。

コーヒーを淹れてテレビを点ける。一夜明けての被災地の惨状が目に飛び込んできた。こうしてテレビに釘付けになって、一日が過ぎるのだろう。

午後、福島第一原子力発電所の一号機が水素爆発したとの報が入った。十一日から、一号機、二号機の全電源が喪失して、一号機は燃料棒が露出しているという。いよいよ日本は終わるのか。この本物のカタストロフを、森恒夫や永田洋子に見せたら、何と言っただろう。

そんなことを考えていると、妹の和子から、携帯に電話があった。

「もしもし、啓ちゃん。明日、予定通りなんだけど、来れるよね？」

和子は暢気な声で聞いた。佳絵の結婚相手の家族と顔合わせを兼ねて、新宿の高層ホテルで中華料理を食べることになっていた。

「行くけど、原発事故が心配じゃない？」

「そりゃ心配よ。でも、安斉さんの方から、明日は予定通りでお願いします、と言ってきたから仕方がないわ」

「佳絵ちゃん、どこかに避難させなくてもいいの？」

妊婦だから、と続けようとして、昨夜の久間の拘りが思い出されてしばし絶句し、和子に不審がられたほどだった。

翌十三日は日曜日。快晴だった。

福島県では前日から、原発近くの住民の避難が始まったという。そんな時に高層ホテルのレストランで、のほほんと中華料理を食べることが申し訳なく思える。

着いたのが早過ぎたと思ったが、すでに和子と佳絵がフロント前の椅子に座って待っていた。まだ安斉家の人たちが到着していないので、先に個室に入るのも躊躇われて、ここで待っているという。

「おばちゃん、日曜に、わざわざすみません」

佳絵が殊勝に挨拶した。今日は紺色のワンピースに真珠のネックレスという、いかにも結婚式を控えた若い娘らしい服装だ。お腹はまったく目立たなかった。

「放射線、怖いね。東京でもかなり被害があるって話じゃない？」

和子が眉を顰めて囁《ささや》いた。グレイのスーツに白いブラウスという教師風の格好をしている。啓子も似たり寄ったりだ。

時間ぴったりに、安斉一家がやって来た。安斉幸也と両親の三人である。

父親は短軀で、やや反《そ》っ歯《ぱ》の如才なさそうな男だ。対して母親は、幸也によく似ていた。線の細い美しい顔立ちをしているが、残念なことに服装のセンスが異様に悪かった。

幸也の兄は、今日は来ないという。

「サイパン楽しみにしています。どうぞ、今後ともよろしくお願いします」

父親が愛想よく挨拶する。

「こちらこそ、よろしくお願いします」

頭を下げる啓子を、幸也と母親がそっくりの眼差しで見つめている。

個室に移って、自己紹介が始まった。

「私は幸也の父親の安斉哲夫《てつお》です。こちらは妻の久美子《くみこ》です。私はM工業を退職しまして、今は子会社で働いております。佳絵さんのような、しっかりしたお嬢さんがお嫁に来てくださることになって、嬉しい限りです」

哲夫は勝手に瓶ビールを注文して、「まずはお姉様に」と、啓子から先に注いで、「乾杯」とグラスを合わせた。

「すみません、伯母なのに図々しく顔を出させて頂きまして」

啓子が恐縮すると、哲夫は磊落《らいらく》に手を振った。

「いや、とんでもない。佳絵さんは、こんな立派な女性たちに育てられたんだとわかりましたよ。お姉さんは、塾を経営してらしたそうですね。お母さんは美容室でしょう。佳絵さんは、エステティシャンだし。本当に独立独歩の偉い女性たちですね」

哲夫が返事を促すように、久美子の方を向いた。久美子があまり笑わずに、高い声で言う。

「私なんか、家にいるだけで何の取り柄もありませんの。皆さんが羨ましいです」

口先だけの言葉に聞こえた。啓子はちらりと和子の方を見たが、和子は強張った笑みを浮かべて俯いている。

幸也と佳絵も何も言わずに、料理を口に運んでいた。気詰まりだった。

「佳絵さんもお母さんも、ゴルフはなさらないと聞きました。お姉さんもなさらないんですか？」

哲夫がビールを注ぎながら訊ねた。

「ええ、あたしはやったことありません」

「それは残念だな。二人揃えばゴルフができるのに。サイパンのコースはいいらしいからね」

「俺たちの結婚式だから」

ようやく幸也が口を挟んだが、にこりともしない。母親に似て、愛想の悪い男だと啓子は内心で思った。

その時、久美子が「佳絵さん」と話しかけた。佳絵が緊張したように顔を上げた。

「何ですか？」

「あのう、サイパンで結婚式をするのはあなたのアイデアだと聞いたけど、日本でしちゃあいけませんか？」

唐突に言われて、佳絵が慌てて答えた。

「いけないってことはないんですけど」

「二人が決めたんだから、それでいいじゃないか」

哲夫がとりなしたが、久美子は手で振り払うようにして佳絵に語りかけた。

「あのう、私の実家は仙台なんですけど、今度の地震で親戚が酷い目に遭ったんですよ」

いきなり震災の話になったので、皆緊張した顔で久美子の方を見た。

哲夫が止めようとしたが、無視して久美子が続けた。

「いいじゃないの、その話は」

「全員、山の方に家がありますので、津波の被害は受けなかったし、倒壊も免れたようです。でも、ライフラインが全滅ですので、避難所に入りました。そんな時に幸也ちゃんの結婚って、とてもいいニュースだから、結婚式に出させてくれないかって、言ってきてるのね。サイパンだと出席しにくいから、せめて東京でやってくれないかって言うんです。我が儘だってことは百も承知なんですよ。でも、私の両親も高齢なので、孫の結婚式だけを楽しみに生きているのね。二人とも八十を超えていますから、東京に来るのも、これが最後かもしれないって言ってるそうなのよ。ねえ、佳絵さん、二人のために、考え直して頂けないかしら」

佳絵が困ったように幸也の顔を見上げたが、幸也も佳絵を見つめるだけで何も言わなかった。

「二人がそうしたいって言うんだから、サイパンでやったらいいよ」

哲夫が苦々しい表情で言う。

「でも、サイパンなんて贅沢じゃない。震災で酷い目に遭った人だっているのよ。自粛したらどうかしら」

久美子は強引だった。

「すみません、でも、楽しみにしていたから」

佳絵が小さな声で謝った。語尾が消えたのは、隣の幸也が黙っているから不安になったのだろう。

「佳絵さん。私は幸也が生まれた時に、両親にすぐに黒留袖を作って貰ったんですよ。男の子だから、結婚式で着ようと思って。でも、サイパンじゃ黒留も着られないわ。お願いだから、どこのホテルでもいいから、東京でお式をやってくれませんか。お願いします」

久美子が、両手を合わせて拝むような仕種をする。

「いい加減にしなさいよ。それは佳絵さんと幸也が決めることだよ」

哲夫が強く言うと、さすがに久美子は不承不承頷いた。

「そうよね、ごめんなさい。人によっては、一生に一度の結婚式ですものね。どうぞ、お好きになさってくださいね」

離婚歴のある和子が、隣で身じろぎするのがわかった。独身の啓子にも厭味な言い方ではあった。佳絵はそのまま無言で俯いてしまったので、食事会は後味の悪いものになった。

佳絵は午後から仕事に行くというので、啓子は和子とホテルのロビーでお茶を飲んだ。

「あちらのお母様は、佳絵を気に入ってないのよ。出来ちゃった婚なんか、ふしだらなことだと思っている。それに、私がバツイチで親戚が少ないことも知ってるのよ。だからって、若い二人が決めた結婚式にケチつけることないでしょうに。呆れたわ」

和子が愚痴った。

「最初から感じが悪かったわね」と、啓子も調子を合わせる。

「あんな我が儘を言いだすなんて呆れた人だわ。でも、サイパンでやると決めたんだから、やればいいのよ」

「それはいいけど、あまり固執するとどうしてそんなに拘るんだって言われてしまいそう」

和子が、模造パールのロングネックレスをいじりながら口を尖らせる。

「かと言って、都内のホテルでやったら、あっちはたくさん来るのに、うちは二人だけなのよね」

「そうよ。そしたら、どうして親戚が少ないんだって話になるかもしれない。少しは幸也さんが庇《かば》ってくれるといいのに黙っているのでがっかりしたわ。マザコンかもしれないわね。結婚しても佳絵が苦労するわ」

和子の愚痴は止まらない。

「ごめんね。あたしのせいでこんなことになって」

素直に謝ると、和子が首を振った。

「そんなのはいいけど、震災を盾に取るとは思わなかった。何とかサイパンでできるようにガンバレって、佳絵には言っておくわ。啓ちゃん、パスポート取った？」

「まだ」と首を振ると、溜息混じりに言う。

「早く申し込んだ方がいいわよ。間に合わなくなったら、せっかく頑張ったのに佳絵が泣くわ」


一週間後、新宿に出来上がったパスポートを取りに行った啓子は、生まれて初めて得たパスポートに見入っていた。

ジムなどで、これまで一度も外国に行ったことがない、と言うと、驚いた顔をされたものだが、とうとう自分にも渡航歴というものができるのかと嬉しい気分だ。

固定電話が鳴った。モニターには「公衆電話」とある。「はい」と低い声で出ると、案の定、久間からだった。

「この間はありがとう。泊めて貰って助かったよ。お礼を言いたくて電話しました」

「こちらこそ、追い出したみたいでごめんなさいね」

「いいんだ、いいんだ。子供のこと、はっきりしてすっきりしたよ」

久間が捌《さば》けた口調で言う。

「なら、よかったわ」

「俺さ、福島でボランティアでもしてこようと思って。あっちで死ぬことにしたわ。死に場所が見付かってよかった」

二の句が継げずに黙っていると、久間が聞いた。

「啓子もどっかに行く予定はないの？」

「あたしは、姪の結婚式でサイパンに行くけど」

冗談のつもりで言ったのに、久間が大声を上げた。

「サイパン？　やめろ、やめろ。啓子、絶対に行っちゃ駄目だ。アメリカに捕まるぞ」

「どうして」

「バカだな。啓子、米軍基地に入って爆薬仕掛けただろう？　アメリカだっておまえのこと起訴してるんだよ。あっちは一度起訴したら、何十年経ってもそのままだ。アメリカで裁判したら、殺人未遂罪になるかもしれないぞ」

啓子の顔から血の気が引いた。危ないところだった。過去は音もなく忍び寄ってきていた。

第三章　断絶

久間との電話を切った後、啓子はしばらくぼんやりと突っ立っていた。急に寒くなって我に返り、エアコンのスイッチを入れる。

アメリカに入国すると、逮捕される怖れがあることなど、これまで一度も考えたことがなかった。

確かに、米軍基地に侵入してダイナマイトを仕掛け、物置小屋で小火を起こしたことがある。その罪に対して、アメリカからも起訴されたはずではあった。しかし、四十年前の犯罪だ。時効にならないのだろうか。

とりあえず、サイパンに行くのは取りやめた方が無難かもしれない。啓子は、和子に連絡するために、バッグに入れっ放しになっていた携帯電話を取り出した。和子の反応を想像すると、憂鬱だった。

案の定、和子は詰問口調になった。

「そんなの初めて聞いた。嘘じゃないの？　啓ちゃん、ちゃんと確かめたの？」

予想通りの反応だったので、啓子は辛抱強く喋った。

「誰に確かめたらいいのかわからないから、確認したわけじゃないの。でも、その可能性はなくはないよ。万一、捕まったら皆に迷惑かけるし、そんな賭みたいなことはできないから今回はやめにする。悪いけど、佳絵ちゃんには適当に言っておいてくれない？」

その言い方が悪かったのか、和子は激昂した。

「適当にって何を今更。式まで、あと一週間もないんだよ。佳絵がサイパンでやるって頑張ったのは、啓ちゃんのためなんだから。あんな出しゃばりの母親と闘ったのは、ひとえに啓ちゃんに来てほしいからなのよ。わかってるの？」

「わかってるわよ、ごめん。本当に悪いと思ってる」

佳絵の落胆を思うと、啓子も気分が塞ぐ。だが、どうしようもない。

「あのさ、ちゃんと弁護士さんに聞いてみたの？　何ていう人だっけ、啓ちゃんの弁護士さん？」

「あの人、ずいぶん前に亡くなったのよ」

それは嘘ではない。啓子の弁護をした若い男性弁護士は、五十歳という若さで病死していた。法律事務所閉鎖の報せが来て、初めて知ったのだった。

「亡くなったの？　そうだっけか」和子が一瞬黙った後、続ける。「ねえ、啓ちゃん。でもさ、いくら何でもあり得なくない？　だって、四十年も前の話じゃないの。それに起訴状みたいなの来たの？　そんなの見たことないんでしょう？　いったい、誰から聞いたのよ、そんなガセネタ？」

「ガセネタでもないと思うけどね」

小さな声で言い返す。

「暢気だね。まるで他人事じゃん」

和子が腹立ち紛れに言い捨てた。

「でも、三浦和義がそうだったじゃない。日本では無罪で結審したのに、サイパンに遊びに行って、突然捕まった。ロス市警が起訴しようとしたのよ」

「ああ、ロス疑惑か。そんなことあったわね。だけど、あれはロスで、本当に誰かが亡くなってたんでしょう。実際にそういう事件があったわけじゃない。でも、啓ちゃんの場合は、アメリカとは関係ないでしょう」

「関係なくはないよ。米軍基地に入って、爆薬仕掛けたことがあるんだから。小火だったけどね。それで起訴されているとしたら、殺人未遂にだって問われかねないって言われた」

「ねえ、それさ、その殺人未遂にだって問われかねないって話、誰が言ったわけ？」

和子がしつこく聞くのは、啓子に親しい友人がいないことを知っているせいだろう。

「昔の仲間よ」

「誰」

「久間」

やむを得ずに名前を告げると、久間と「結婚」していたことを知っている和子は、嫌悪を剝き出しにした。

「啓ちゃん、あんな男とまだ付き合ってるの？」

「付き合ってなんかいないよ、失礼な。何言ってるの」

今度は啓子が激昂する番だった。

「でも、会ってるんでしょ。同窓会やって、皆で昔懐かしい思い出話にでも花を咲かせているんじゃないの？　笑っちゃうよ」

「あたしは違うよ。同窓会って言い方にむかつくな。でも、人によっちゃ、部活みたいなもんだって言う人もいるかもしれないけど」

「あれが部活ってか」

還暦に近い和子が、若い佳絵の口真似をする。

「どっちにせよ、あたしが捕まったりしたら、佳絵ちゃんに申し訳ないから、サイパンはやめておくわ」

「嫌だな、何か納得できないんだけど」和子はまだ怒っている。「佳絵があんなに突っ張ってサイパンでやるって言ったんだからさ。啓ちゃんも来てやってよ」

「わかってるけど、三浦和義みたいになるかもしれないよ、あたし」

三浦和義の場合は、家族はアメリカのサイパンから出国したのに、彼だけが空港の出国ゲートで留め置かれて、収監されたのだった。

観光気分でサイパンに行って、三浦和義と同じ運命を辿ることになれば、佳絵の結婚式、いや佳絵の人生をも台無しにしかねない。

そして、万が一、厳しい判決でも出れば、和子たちに永遠の別れを告げることにもなりかねないのだ。そんな危うい賭をするわけにはいかない。

「じゃ、東京で式をやるしかないのかしら」

和子が小さな声で呟いた。

「どうして。和ちゃんだけでもサイパンに行けばいいじゃない。あたしは留守番してるからさ。あたしは急病で行けないって、言っておいてよ」

「駄目よ。佳絵ががっかりするわ」

「佳絵ちゃんたちがどうするかは、彼らに任せればいいのよ」

「そうだけどさ、幸也さんが煮え切らないので、何もかも佳絵が手配したみたいなの。きっと、納得しないわ。もし、佳絵から理由を聞かれたら、何て言えばいい？」

「じゃ、あたしから言うよ。正直に全部喋るつもりだけど、いい？」

半ば決心して告げた。

「そうね。もういいかもね。それこそ、時効だよ。何もかも、啓ちゃんに任せるから」

和子も怒ってくたびれたのか、小さな吐息が聞こえてきた。責任取ってよね、という言葉を、呑み込んだのかもしれない。姉妹喧嘩に疲れて、啓子も苦い思いを嚙み締める。


翌日、ジムに行く前にさんざん迷った挙げ句、熊谷千代治の携帯に電話をかけてみた。留守電になったので、「西田です。また、お電話します」と吹き込んだ。

すると、すぐに千代治の方からかけ直してきた。

「もしもし、西田さん。珍しいね、電話くれるなんて。古市さんの件、考え直してくれたのかな」

千代治は上機嫌だった。小さな声でぼそぼそと喋るのに、声が弾んでいるのがわかる。

「すみません、電話したのはその件じゃないのよ。ちょっと聞きたいことがあって、なの」

「何だい。俺にわかることならいいけどね」

頼られて嬉しそうだった。

「久間さんにこの間、忠告されたことがあってね」

久間と聞いて、千代治は喜んだ。

「久間に会ったんだね。俺、久間に西田さんの電話番号を教えてやったからさ」

自分の手柄のように言う。啓子の電話番号を、勝手に教えたことへの反省はまったくなさそうだ。

　啓子と久間が「夫婦」だったことを知っている元仲間は、何の遠慮もない。啓子は厭味っぽく嘘を吐いた。

「知ってる。あなたに聞いた、と言ってた」

「あいつ、変わったでしょう？」

「外見はそうでもないけど、足がかなり悪いんじゃないかと思った」

「そうなんだよ。あいつ、もしかするとホームレスになったんじゃないかと思って心配してるんだ。足が悪いから働けなくて、どんどん悪い坂を転がり落ちているんだろう」

「うん、行き場がないって言ってた」

「西田さん、援助してあげなよ」

　余計なお世話だと、むっとする。寂しさから、子供の存在を気にしていた久間には、金銭の援助など虚しいだけだろう。

　千代治も言い過ぎたと思ったらしく黙っている。

「でもね、福島にボランティアに行くって言ってた。そこが死に場所だって」

「なるほど。それもいいかもしれないな。あいつ、熱くていい奴だものね」

　男同士は、男女とは違う誼《よしみ》を結ぶものらしい。啓子は久間を褒めるのが嫌で無言でいる。

「それで聞きたいことってのは？」

千代治が好奇心を抑えきれない様子で尋ねた。

「ええ、姪がサイパンで結婚するので、あたしも行こうと思ったのよ。そしたら、久間さんが、アメリカに行ったら逮捕されるからやめなさいって言ったので、びっくりしたの。それは、根拠のあることなのかしら？」

千代治は驚いたのか、絶句している。

「何で逮捕されるの」

「あたしが米軍基地に侵入して爆弾仕掛けたからだって」

「なるほどね。確かにそうかもしれないな。治外法権だものね」

「でしょ？」

「じゃ、ちょっと調べてみるよ。また電話するけど、いいかな」

「ありがとう、お願いします」

図らずも、千代治に頼むことになってしまった。

巷の法律相談にでも行った方がよかったのかもしれないが、いくら弁護士とはいえ、見知らぬ人間に身分や過去を明かすのが嫌だった。

「あ、そうそう」と、千代治が続ける。「これ、知ってる？」

まるで学生時代に、誰かの噂話をする時のような言い方だった。『ねえねえ、これ、知ってる？　あいつとあいつが出来てるの』というような。

不意に、自分が妊娠していた、と千代治が久間に告げたという話を思い出した。問い質《ただ》そうかと思ったが、ろくな返答をしないだろうとやめにする。

またも、「フーセンババア」という永田洋子の綽名が、脳裏に浮かんだ。「フーセン」は、皆に息を吹き込まれて膨らみ、とうとう破裂してしまったではないか。

「何を」

「その『何を』って言い方、西田さんだよね。まったく変わってないよ。切り口上って言うの？　何かすごく見下されているような気がするんだ。誰かが、西田さんのこと、根っからの教師って言ってたな」

千代治に揶揄《やゆ》されて、またもむっとする。根っからの教師。偉そうにしているということか。

だが、啓子は謝った。

「ごめん、そんなつもりはないのよ。ただの口癖なの」

「西田さんて笑わないし、怖かったものね」

自分も、千代治たちに「何とかババア」と秘かに呼ばれていたのだろうか。

「あのさ、野沢哲也《のざわてつや》っていたじゃない、赤軍派の最高幹部の」

「もちろん知ってるよ」

「野沢さん、今は駐輪場の管理人をやってるらしいって、知ってた？」

どきりとした。まさか、自分が言い争った口うるさい管理人ではあるまいか。

野沢は集会で遠くから見かけたことがある程度で、直接の面識はないが、もちろん共通の友人や知り合いがたくさんいるし、マスコミにも登場する有名人だった。

野沢も、連合赤軍の統一公判で、証人尋問を断ったことで有名だ。

「どこでやってるの？」

「さあ、都内のどっかだよ」

やはり、あいつではないのか。灰色のイヤーマフをした嫌な爺さん。啓子は憂鬱になった。もし、あの管理人が野沢だとしたら、ジムに行く時に、自転車を停める場所がない。

「これもどこだか調べてみるよ」

「あ、そう。お願い」

このまま話していると長電話になりそうなので、啓子は慌てるふりをした。

「あら、出掛ける時間になっちゃった。じゃ、千代治さん、すみませんけど、誰かに聞いてみてくださいますか。よろしくお願いします」

「へいへい」と、千代治は楽しそうに言う。

千代治は他人のトラブルが大好きなのだ、と思い出して暗い気持ちになった。自分の相談も、楽しげに千代治の口から話されることになるのだろう。

午後、自転車でジムに行く。いつもの駐輪場を遠目に見て、例の管理人がいるかどうかを確かめた。

今日は来ている。だが、イヤーマフは取っているものの、帽子を目深に被っているため、頬の茶色いシミしか見えず、顔はよくわからなかった。啓子は用心して、スーパーの駐輪場に停めに行った。

ジムの顔見知りは、東日本大震災以降、ほんの少し減っていた。

ロッカールームや、風呂場での噂を耳にしたところ、ある者は、放射線が心配で、孫一家と共に西日本に避難し、ある者は仲間を募って、被災地にボランティアに行き、ある者は津波の映像がショックで、塞ぎ込んだまま家に籠もり、ある者は未曾有の災害の渦中に、自分だけが、のほほんとジムになんか行けないと、自宅で謹慎しているのだという。

「それはショックだけどね。あれはあれ、これはこれと考えるしかないのよね」

脱衣場で大きな声で話しているのは、啓子を自分の同級生だ、と決め付けた宮崎だった。

宮崎は、図々しい新参者ということで、老女たちから村八分にされていたのに、今は、仲間然として溶け込んでいた。何か特別な能力でもあるのかもしれない。

宮崎が啓子の顔を見て、親しげに話しかけてきた。

「西田さん、お久しぶり。あまりお目にかからなかったわね」

「そうでした?」

啓子の方から微妙に避けているのだ。

「あなたのご実家、津波とか大丈夫でした？」

心配そうに問われて、しばしぽかんとしていた。

「だって、仙台でしょう？」

そう言われて、自分が仙台出身だと嘘を吐いたことを思い出した。慌てて言い繕《つくろ》う。

「うちの方は山側なので、津波とかは大丈夫でした」

「でも、揺れたでしょう？」

緩いブラを着けた七十代の女性が聞いた。

「はい、それはもう」

「ご両親はもういらっしゃらないんでしょう？　今はどなたが？」と宮崎。

「妹一家が住んでいるんです」と嘘を吐く。

「妹さんたちは避難されたの？」

「最初は避難所に行ったみたいですけど、今はもう自宅に戻ってます」

嘘がぺらぺらと出てくる。自分でも空恐ろしかった。何かにメモでもしないと、忘れそうだ。

「ライフラインはどうなっているのかしらね」

「まだみたいで苦労しているようです」

「あら、そう」と、宮崎は仲間と顔を見合わせる。

宮崎たちはちょうど風呂から上がったところなので、一緒になるまいと、啓子は急いで服を脱いで風呂場に足を踏み入れた。

風呂に浸かり、サイパン行き取りやめのことを、佳絵には何と釈明しようかと考える。正直に告げて、理解して貰うしかないと覚悟を決めた。

風呂から上がると、宮崎たちの姿はなかった。いずれ、脱衣場やロッカールームで、啓子の実家のことも話題に上るのかもしれない。

『西田さんのご実家はご無事だったんですって。よかったわね。今は妹さんたちがお住まいなんですってよ』


フロントでロッカーの鍵を返して向き直ると、目の前に姪の佳絵が立っていた。

「啓子おばちゃん」

今日は黒のニットワンピースの上に、トレンチコートを羽織っている。ニットだと、お腹が少し出ているのがわかる。

髪を引っ詰めているので四角い顔が目立ったが、膚《はだ》が透明で美しかった。妊娠していると、女はこんなに綺麗になるのかと見惚れるほどだった。

「あら。わざわざ来てくれたの。今日、お休み？」

「うん、公休なの。てか、キャンセルするなら、早くしないと、キャンセル料が高くなるんだって。だから、どうするのか、聞きに来たの」

「佳絵ちゃん、ごめんね」

言いながらも悲しげだ。啓子は姪が不憫《ふびん》になった。

「ほんとにごめんね。違約金が発生するのなら、おばちゃんが払うわ。ちょっとそのことについて話したいから、そこでお茶でも飲もうよ」

一階の奥にあるカフェテラスを指差した。佳絵は首を振る。

「旅行代理店に行かなきゃならないから、あまり時間がないの。ここでいいよ。お母さんが、おばちゃんが行けなくなった理由は、おばちゃんに直接聞いてって言うから来たの。どういうことなのかな」

佳絵は眉根を寄せて、深刻な表情をしている。立ち話もできないので、ロビーのソファに腰掛けた。

「おばちゃんは、昔、学生運動をしていたことがあるのよ。そのこと知ってる?」

「学生運動?」

佳絵が曖昧な表情で見返した。知識がないのだろう。

「そう。その時、警察に逮捕されたから、逮捕歴があるのよ」

佳絵が驚いた顔をした。

「前科者ってこと?」

「そうよ。佳絵ちゃんには黙ってようと思ったんだけど、その罪がアメリカでも問題になるかもしれないんだって、人に言われたの」

「いいけどさ」

「何で。さっぱりわからないよ」

　佳絵が苦笑まじりで、手にしていたスマホのカバーを撫でている。

「昔ね、米軍基地に侵入したことがあるからなの。日本では罪を償ったけど、アメリカはアメリカで裁判をしたいらしいのね。しかも、そういうことはちゃんと覚えているから、アメリカに入国すると、罪を問われるんだって」

　啓子は詳しく言わなかった。

「米軍基地なんて、誰だって入れるじゃないの。ユキちゃんの友達もパンを納める業者で入ってるってよ。何が問題なの」

「爆破しようとしたのよ」

　佳絵が目を丸くした。

「すごい。テロリストじゃない、おばちゃん」

　当時は正しいことをしていると思ったが、今風に言えば、テロリストになるのか。むしろ、その烙印の方が怖ろしかった。

「テロリストじゃないけど、アメリカはそう思うかもしれないの」

「わかった。それじゃしょうがないね。仕方がないから、おばちゃんは来なくていいよ。ユキちゃんに言っておくわ」

　佳絵は腕時計を眺めてから、立ち上がろうとした。

「幸也さんに謝っておいてね」

頷いた後、佳絵はふと思い出したように聞いた。

「おばちゃん、結局、何年くらい刑務所にいたの？」

「五年と九カ月かな」

「そんなに長く？」佳絵が衝撃を受けた様子で後退《あとずさ》った。「爆破しようとしただけで、そんなになるの？」

「他にもいろいろ罪状が付いたの」

「どんな？」不安そうだ。

「ひと言では言えないから、座って話そうって言ったのよ」

啓子はカフェテラスの方を指差した。顔見知りの老女たちが、啓子に会釈して帰って行く。

佳絵はカフェテラスを一瞥《いちべつ》してから、低い声で言った。

「アメリカに逮捕されるかもしれないってことは、そんなに簡単なことじゃないってことだよね」

啓子は黙って頷いた。佳絵が大きく嘆息した。

「ここまできたから、あたしとお母さんはサイパンに行くけど、どうして今まで教えてくれなかったの？」

「おばちゃんの経歴なんか、話す必要はないでしょう」

「そうかな、わかんないな。そういうものかな、水臭い感じだよね」

佳絵の言葉が途切れ途切れになる。静かな怒りが感じられた。

「お母さんもどうして言ってくれなかったんだろう」

「さあ、それは知らない。あなたたち親子のことだから」

啓子は、自分が今、明確に嘘を吐いていると思った。

「おばちゃんのことは、お母さんの離婚とは関係ないよね？　あたし、前にお父さんとどうして離婚したの？　って聞いたことがあるんだけど、価値観の違いだの何だのって、すごい言葉濁していた。あたしのお父さんって、おばちゃんのこととか、嫌がる人だったのかな？」

「そうかもしれないね」

「そうかもしれないって、不確かな言い方するけど、きっとそうだったんでしょう？　何かそんな気がする。あたしのお父さんは、離婚してからすぐに再婚して、今では子供が三人もいるんだって。あたしの異母兄弟がいるのに、一度も会ったことないんだよ。何か変だなと思っていたんだけど、もしかしておばちゃんのせいなの？」

「和ちゃんとお父さんのことは知らない。それはお母さんに聞いてみたら？」

佳絵の目に涙が溜まって真っ赤になった。

「何でそんな他人事みたいに言えるのかわからない」

和子にも同じことを言われたと思わず苦笑する。

「おばちゃん、何が可笑しいの？」

佳絵が挑むような口調になったので、慌てて取りなした。

「違うの、あなたのお母さんにも同じことを言われたなと思って」

「おばちゃん、冷たいもの」

佳絵が立ち上がって言い放つ。フロントの女性職員がこちらをちらりと見遣った。

「待って、佳絵ちゃん。ちょっと待ってよ。ちゃんと話そう。おばちゃんもわかってほしいもの」

「じゃ、何をしたの？　何でそんなに六年近くも刑務所に入っていたの？　何であたしに黙っていたの？」

そんなに責められることなのだろうか。初めて受ける、痛い誹《そし》りだった。啓子は、自分が顔面蒼白になっているかもしれないと思った。

「おばちゃん、恥ずかしくなんかないよ。恥ずかしいことなんかひとつもしていないもの。国家権力と闘ったんだもの」

「サヨクってことだね。それ、いつのこと？　何ていう事件？」

佳絵がスマホで、googleの検索画面を素早く出して聞いた。

「連合赤軍事件」

「聞いたことあるよ」

佳絵がぎろりと横目で啓子を見遣った。

検索した後、「あっ」と小さな声で叫んで、啓子に検索画面を見せた。黒い土の中に、四人の人形《ひとがた》が白い線で描かれたあの写真だった。記事を読みながら、佳絵が尋ねる。

「おばちゃんも、一緒にこういうことしたの？」

「こういうことって」

「リンチ」

「していない」

嘘ではなかったが、嘘も少し入っている。この言葉にはできない僅かな差違に、常に焦燥があった。違うと抗議したい気持ちと、そうだと認める思いが。

佳絵は、無言でスマホの画面に見入っている。ネットの、連合赤軍に関する記事でも読んでいるのだろう。

佳絵の眉間に深い縦皺が寄っているのを見て、啓子は、和子が口喧嘩する時の、強情そうな表情にそっくりだと思った。

やはり身内だと愛情を感じるけれども、同時に他人に対するような底知れぬ不安も募ってきて、啓子は内心慌てた。可愛がっていた姪に、こんな感情を持つのは初めてだった。

始終、意見が対立して、姉妹仲がいいとは言えない和子だが、心の底では許し合っているところがある。対して、佳絵には少し遠慮があったと気付く。

佳絵の実父、つまり和子の元夫が、啓子の存在を許さなかった、と聞いていたせいだろうか。

和子の元夫は、ラガーマンだった学生時代から、学生運動というものを嫌悪していたらしい。それなのに和子と結婚まで至ったのは、啓子が獄中にいた時期に和子と知り合い、恋愛したからだった。

そして結婚後に、啓子の存在と事件を聞かされて、「騙された」と和子を詰ったのだという。その後、佳絵が生まれたが、夫婦の溝は一向に埋まらず、離婚するに至った経緯がある。

佳絵は、そんな実父の血を色濃く引いているのかもしれない。だったら、意地でも誤解されたくなかった。

しかし、自分は何を誤解されたくないのだろう。

いったい、「真実」とは何か。

混乱したまま、その横顔を見つめていると、不意に佳絵が振り向いた。

「おばちゃん、何でそんな目で見てるの？」

佳絵の目にも、今までになかった不信感が表れているように思える。

「いや、ちょっと心配になったものだから。佳絵ちゃん、ネットの情報なんか信用しないでね」

思い切って言うと、佳絵が抗議するように憤然と顎を上げた。

「何で？」

「何でって、ネットには、正確なものも不正確なものもあるからよ。すぐには判断しないで、もう少し調べてからにしてほしいんだけど」

「どういうこと」

「だって、ネットの記事は、書いた人の主観が入っていることがあるからよ」

「じゃ、どこで調べればいいのよ」

佳絵が、ネットに対する啓子の無知を嘲笑うかのように唇を歪めた。

「聞きたいことがあったら、あたしかお母さんに聞いてみて」

「そんな暇ないよ」と、吐き捨てるように言う。

「だったら、時間のある時にお母さんに聞いてみてよ」

「それはそれで、お母さんの主観が入って歪むんじゃないのかしら」

佳絵が肩を竦める。

「でも、佳絵ちゃんのお母さんなんだから、ネットより信用はできるでしょ？」

「さあ、どうかしらね」

佳絵が冷笑を浮かべたのを見て、啓子は不快な気持ちになった。親の言葉より、ネットの情報を信じるというのか。

「そうかな。あたしは身近な人間から聞いた話が一番だと思うけど」

「でも、お母さんは、そんなこと今までひと言も言わなかったよ。よほど、あたしに隠したかったんでしょう。そんな人から、正確な話が聞けるかしら」

不信感をはっきり表明されて、啓子はさすがにたじろいだ。

「さあ、わからない。それは、あなたのお母さんが決めることだから、あたしは口は挟めないわよ。保護者じゃないもの」

「それって、言い逃れに聞こえる。おばちゃんは自分のせいなのに、逃げるんだよね」

佳絵が不機嫌に言い放った。

「逃げてるんじゃないよ。どう説明したらいいのかわからないし、ものごとはそう簡単に割り切って説明できるものじゃないよって、言いたいだけ」

「そんなのわかってるよ、馬鹿にしないで」

佳絵が唇を尖らせた。

「馬鹿になんかしてないわよ」啓子は苦笑しつつも、佳絵の反撃にたじたじだった。

「でも、さっきリンチのことなんか聞いたから、それだけじゃないんだって言いたかったの」

「だって、それが有名なんでしょう。次々にリンチして殺したと書いてある」

だから、ネットの記事を簡単に信用せず、拘ってほしくないのだ、と言いたかったが、言葉がうまく出てこない。佳絵がすかさず言った。

「おばちゃんは、今度サイパンに行ったら、捕まるかもしれないってことがわかったから、慌てて、今あたしに言ってるんでしょう？　そんなことがなかったら、一生言わないで済まそう、と思っていたんじゃない？」

フロントの女性たちが、啓子たちの不穏な空気を察したのか、顔を曇らせて俯いている。

　啓子は、二人を遠巻きにちらちら見ながら帰って行くジムの仲間たちの後ろ姿を見送ってから、佳絵に言った。

「佳絵ちゃん、こんなところで詳しくする話じゃないから、また今度しましょうよ」

「だからさ、おばちゃん、時間がないんだってば」佳絵が啓子の方に向き直った。明らかに苛立っている様子だ。

「あたしはこれからユキちゃんに、式のことで相談に行かなきゃならないの。おばちゃんの分もキャンセルしなきゃならないし。だから、今ここで話さないと駄目なのよ」

　今ここで、と人差し指で何度もフロアを示す佳絵に、さすがに啓子もうんざりした。

「迷惑かけて悪かったわ。でも、わかってほしいけど、行けなくなったのは、不可抗力なのよ」

「何が不可抗力なのか、そうでないのか、全然わからないよ。突然、刑務所に入っていたなんて言われたんだし。繰り返すけど、あたしに知られなければそれでいい、と思ってたんでしょう？　おばちゃんもお母さんも。それが、とっても気になるの」

「だって、あたしのことなんだから、どうしてわざわざ佳絵ちゃんたちに言う必要があるのかしら。ないでしょう。たまたま、海外に行けそうもないことがわかったから、こんな形で言わざるを得ないだけよ。佳絵ちゃんたちには迷惑をかけて申し訳ないけど、不可抗力としか言いようがないの」

「不可抗力？　犯罪が不可抗力？」

「犯罪だとは思っていない」

「だって、テロリストでしょう」

「テロリストって犯罪者なの？」

「そりゃそうでしょう」

堂々巡りだった。まさか、赤ん坊の時から知っている姪と、こんな言い争いをするようになるとは、思いもしなかった。困惑が先に立って、うまく言葉が選べない。

佳絵はまたスマホの画面に視線を戻している。タップして画面を送ってしばらく眺めた後、顔を上げて啓子の目を見つめた。

「よかったね、おばちゃん。ネットには、おばちゃんの名前は載ってないよ」

ほっとしたのは、佳絵自身ではないのか。

そう思いながらも黙っていると、佳絵が続けた。

「今だったら、大変だったと思うよ。ネットに全部晒されて、お母さんやあたしの名前や顔写真とかも、公開されるかもしれない。何かあれば検索されて、いつまでも言われるんだよ。時効がないの」

「昔もそう変わらなかったわよ」

啓子は小さな声で呟いた。新聞には実名が出たし、週刊誌にも興味半分で取り上げられた。実家にも近所にも、元の勤め先にも、新聞記者だけでなく芸能記者まで取材に来た。

　しかし、啓子は名前が出ることより、自分たちの事件が、猟奇的な興味だけで語られるのが、何より嫌だったのだ。そんなことを訴えても、佳絵はわかってくれるだろうか。佳絵と話していると、砂に水が吸い取られて、すぐ乾くような無力感だけがあった。

「おばちゃん、新聞に出たって言うけど、それこそ図書館にでも行かなきゃ、読めなかった時代でしょう？　今は、検索すればいくらだってわかるんだもの。おばちゃんは、助かってるよ。平気で実名で生きてるし、お母さんだって離婚はしたけど、西田啓子の妹だの何だのって、悪口は聞いたこともないもん。おばちゃんも、それほどの大悪人ってわけでもなさそうじゃない」

　佳絵の言い方に、皮肉が込められているような気がする。しかし、啓子はなるべく気に留めないようにして言葉を選んだ。

「問題は、悪人かどうかってことじゃないよ。だって、悪人って意味だって、どっちの立場かで違うでしょう」

「どういう問題だって？」

　佳絵が腰に手を当てて、ほとほと飽きたという風に眉を顰めた。

「だから、ひと言じゃ言えないって言ってるの」

「そうかな」と、佳絵は首を傾げた。「じゃ、はっきり聞くよ。おばちゃんは、人を殺したの？」

しばらく黙った後、啓子は低い声で答えた。

「正直に言えば、結果として、殺すのに加担したことはあるよ」

途端に、佳絵が驚愕したような表情を浮かべた。

「怖い、おばちゃん」

「何で怖いの？」

「だって」

佳絵が臆したように啓子の顔を見た。

そう、この視線だ。おぞましい怪物を見るような眼差し。私を怖がるのは、やめてほしい。

「佳絵ちゃん、いい加減にしてくれないかな。何も知らない癖に、そういう言い方するのはやめて。だから、ネットの記事を鵜呑みにしないでって、言ってるじゃない。悪いけど、おばちゃん、サイパンには行けないから、彼氏に謝っておいてね」

啓子は腹立ち紛れに言い捨てたが、たちまち姪の目に涙が溜まるのを見て、すぐさま後悔した。

「ごめん。あなたの結婚式なのに、こんなことになって。本当にごめんね」

佳絵は無言で微かに頷いた。しばらくして、やっと口を開いた。

「あたしはね、お母さんが離婚して一人で頑張ってるの見てきたし、あたしも、お父さんがいなくて、どうこう言われたこともあったから、自分の子供にだけは、普通の家庭を与えてあげたいと思っていたの。子供の気持ちって、親の方はわかってるようで、わかってないんだよね。親は自由に生きてきたって、言い張るだけだものね。自分勝手なんだよ。言っとくけど、親の自由の代償で、迷惑被るのは子供だからね」

「佳絵ちゃんも迷惑被ったのね？」

「当たり前じゃない。お母さんは、一生わからないでしょうけどね。で、今度は、おばちゃんの連合赤軍事件でしょ？　もう、ほんとに笑っちゃうくらいのパンチ続きだよね。あたしほど苦労している娘はいないかも」

沈んだ様子の佳絵に、啓子は思い切って尋ねた。

「佳絵ちゃん、もしあなたの彼氏がこのことで怒って、破談とか言ったらどうするの」

「ショックだと思うよ」

心細そうに言うので、啓子は励まそうとした。

「でもさ、そんな男、こっちから願い下げじゃない？　本当に好きだったら、そんなこと、たいした問題じゃないと思うけどね」

勇気づけるつもりだったが、佳絵は押し黙った挙げ句、口許を歪めて罵《のの》った。

「おばちゃんの時代は、それで通用してきたんだと思うけど、今はそうはいかない。そんなに甘い世界じゃないよ。一度レールを外れたら、おしまいなの。二度と元に戻れないよ」

「元の世界に、そんなに留まりたいの？」

「そりゃそうだよ」と、憂鬱そうに言う。

「元の世界って何」

「あたしに聞かないで、自分で考えてみたら。そういう青春討論会みたいなの、はっきり言ってキライ」

佳絵はそう言うと、トレンチコートの裾を翻して去った。くるりと反転した時に、少し膨らんだお腹が見えて、啓子の胸が痛んだ。だが、すでに遅い。

自分の母親は和子で、父親は啓子だ。そうまで言ってくれた佳絵の、別離宣言に違いなかった。

佳絵が出て行った後、啓子がロビーのソファから立ち上がると、フロントの女性たちが、一斉に目を伏せた。深刻な親子喧嘩をしていた、と思われたらしい。


冬は、ジムから出るとすでに辺りは薄暗く、何となく人恋しくなったものだ。だが今は、日が長くなって、気温も少し高くなった。桜の開花も近いだろう。

しかし、夜の帳《とばり》が下りても、ネオンに火が点ることはなさそうだ。福島で原発事故が起きて以来、各自治体が節電しているのだ。飲食店の閉店時間も早まっており、夜の盛り場をそぞろ歩く人間もほとんど見ない。

都心の高速道路も照明を落としているので、どこの田舎町かと思うほど、うら寂しい風景らしい。

啓子は、自転車を置いたスーパーまでとぼとぼと歩きながら、自問自答していた。佳絵が自分から離れて行くとなると、和子も同様だろう。その時、自分は一人きりで生きていけるだろうか。

啓子は嘆息した。結婚もせず、子供もいない自分がこうして生きていられるのも、実は妹と姪の存在が大きかったことに気が付いたのだ。

死ぬ時はどうせ一人、寂しく死んでゆくのだ、と覚悟していた癖に、実際に姪が離れて行くと、驚くほど気弱になる自分がいる。

適当に喧嘩ができる妹、若い風を運んでくる姪の存在があればこそ、一人暮らしができたのだ。

急に、節電で薄暗い街を一人彷徨《さまよ》うのが嫌になって、啓子は、大型スーパーの地下食料品売り場へ向かう階段を下りた。エスカレーターは節電で止まっている。

早く一人分の惣菜を買って帰り、アパートに籠もりたくてたまらない。

半額になったサラダや炒飯のパックを手に取って籠に放り込む。ついで酒売り場にも寄って、焼酎のボトルを籠に入れた。姪が離れて行く悲しみ、理解されない痛みを酒で紛らわせようと思った。

眼前で、見覚えのある老人が、紙パックの日本酒を籠に入れている。

啓子は、あっと声が出そうになった。紺色の帽子を被っていないので、すぐには気付かなかったが、駐輪場の管理人をしている老人だった。

黄色みを帯びた白髪頭を後ろに撫で付け、陽に灼けた顔に、メタルフレームの眼鏡。鋭すぎて、卑しくさえ見える眼差し。

野沢哲也かもしれない、と思ったが、若い頃の野沢の顔とは一致しないような気がした。また、仮にそうだとしても、自分とは関係がない。

駐輪場でペットボトルのことでいちゃもんを付けられた時の不快さを思い出して、啓子は顔を背けながら、買い物を続けた。

ふと視線を感じて振り向くと、管理人もちらちらと啓子の方を見ている。

口喧嘩をした時は、啓子もまだ白髪を染めておらず、老婆然としていたから、気が付かないのかもしれない。どこかで見たことのある婆さんだと、先方も気になっているのだろう。

不意に、老人が野沢かどうか確かめてみようかと思い付いた。久間が言ったことは本当なのだろうか、と試してみたくて仕方がない。

『生き延びたヤツらだって、みんな何とも思わずに普通の生活をしているさ。啓子みたいに怯えてなんかいないよ』

自分は怯えているわけではなかった。ただ、どこにも居場所がなくて、落ち着かないのだ。現在の自分を担保する家族も人間関係も、希薄だからだろうか。

レジを通り、作荷台でレジ袋に買った物を詰めていると、すぐ後ろの作荷台に管理人の老人がいた。不器用そうな手付きで、日本酒や煮魚のパックをレジ袋に詰めている。

「あのう、すみません」

気が付いた時は声をかけていた。老人がぎろりと目を剝いて振り向く。

「あの、野沢さんですか？」

「違います」

はっきりと否定された。老人は不審そうに啓子の全身を眺めている。

「すみません、人違いでした」

「どっかでお会いしましたか？」

逆に問われて、頭《かぶり》を振る。

「いえ、失礼しました」

逃げるように去りながら、いったい自分は何をしようとしたのだろうと首を傾げる。

仮に、本物の野沢哲也だったら、何と続けるつもりだったのか。野沢は、破防法違反、凶器準備集合罪などで二十年以上服役していたはずだ。

啓子のことなど知る由もないし、また知っていたとしても、何も話すことはなかろう。赤軍の遠山美枝子《とおやまみえこ》や行方正時《なめかたまさとき》、山田孝《やまだたかし》を殺したのは、革命左派だろう、と怒鳴られるかもしれない。

あんな爺さんに話しかけて、いったいどうしちゃったの。

動揺している自分を持て余して、啓子は苦笑した。レジ袋を持って、階段を上りだした時、ふと、君塚佐紀子はどうしているのだろう、と思った。

一緒に山岳ベースを脱走して、バス停で捕まった仲間。公判の時に互いに駆け寄り手を握り合っただけで、四十年間、会っていない。

今どこで何をしているのか、生きているかどうかすらもわからないが、もし、生きているのなら会ってみたかった。

永田洋子が亡くなった今、そして、東日本大震災が起きた今、君塚佐紀子は何を思っているのか、どうやって周囲の人間と折り合っているのか、会って話したかった。それは、まるで噴き出す間歇泉《かんけつせん》のように、突然湧いて出た強い衝動だった。

千代治からの電話で突然開いた穴。鬱陶しいだけだった風穴が、この日だけは、新鮮な風を運んでくる開け放した窓のように思える。啓子は震えるような渇望を覚えた。


その夜は、佳絵だけでなく、和子からも何の連絡もなかった。啓子は、風呂上がりの発泡酒と焼酎をしこたま飲んで寝た。

そのせいか、鮮明な夢を見た。

真っ暗な夜の谷を、担架の脇に付いて歩く夢だった。もちろん山中に道などないが、何度か通ったために雪を踏み固めた跡が残っている。その道なき道を、担架と五人の男女がゆっくりと下って行く。

枝を組み合わせて作った急造の担架は、遺体の重みできしきしと音を立てる。寒さで体の感覚は失われていたが、嗅覚だけはしっかりと、遺体から漂う凍った糞便の臭いを嗅ぎ分けていた。

「ほいさ、ほいさ」

おどけた掛け声をかけているのは、男の兵士の三上《みかみ》だった。前方を歩く茂山《しげやま》は、終始無言で闇を見据えている。もう一人は、確か唐沢《からさわ》。唐沢は痩せていて喘息《ぜんそく》持ちだったから、担ぐのも大儀そうだった。

女は啓子と君塚佐紀子の二人。二人は担架の脇を歩きながら、全員分のスコップを持たされている。

急坂などの難所は、一緒に担架を担ぎ上げたが、人間一人の亡骸は重く、到底女が担げるものではなく、担ぐのは男たちの役割だった。

「ほいさ、ほいさ」

月明かりの下、遺体の埋葬場所が見えてくる。あの土饅頭の下に、すでに四体は埋まっている。今担いでいる五体目は、遠山美枝子だ。小嶋和子《こじまかずこ》に次ぐ二人目の女性兵士の死者は、遠山美枝子。

あの遠山美枝子がとうとう亡くなったのだ。啓子は残念な思いでいっぱいだった。なぜか、永田洋子がライバル心を剝き出しにして、革命左派の仲間の前で、悪口を言い募った相手。

「ちゃらちゃら指輪して、長い髪梳《と》かしてさ。何だよ、あいつは。やる気あんのか」

最初に山岳ベースに到着した時、赤軍派がストーブの周囲を占領して、勝手に布団を敷いて寝てしまったことがあった。その時も、遠山美枝子は当然のように一番暖かな場所を取った。

「気遣いがない」「女であることを鼻にかけている」が、やがて「革命戦士の自覚に欠けている」となる。

その遠山美枝子が冷たい骸《むくろ》となって、同志に担がれている。いや、遠山にとっては、革命左派の、まして啓子や君塚佐紀子など、同志でも何でもなかったはずだ。

啓子はそんなことを考えながら、担架の上の遠山の顔をおずおずと眺めた。床下に置かれて凍り付いた顔と体。瞼をしっかり閉じているが、その瞼は無惨に腫れている。自己批判しろ、自分の顔が綺麗だと思っているのなら、自分で自分を殴れ、と言われて従った。腫れた顔が痛々しい。

遠山の顔が、一瞬、透き通るような白い顔に変わって見えた。少しエラの張った四角い顔。これは佳絵。


はっとして目が覚めたのは、まだ午前五時だった。動悸が激しかった。久しぶりに深酒をしたので、悪い夢を見たのだ。

こんな夢を見たからには、もう眠れないだろう。啓子は覚悟してベッドから起き上がった。まだ暗い居間に行って、テレビを点ける。テレビは、相変わらず被災地の映像を流していた。どうにも不快な目覚めだった。

その日も、和子から連絡はなかった。

サイパン行きまで間がないから、式は予定通り挙げるのかどうするのか、それだけは聞いてみたかった。

午後に、和子の携帯に電話をしてみることにした。美容室の方にいるなら、それでもいい。心配して電話した、という痕跡だけは残そうと思う。

「もしもし」

意外にも、数回のコールで和子が出てきた。

「あら、お店じゃないのね」

「お客様が途切れているの」

和子が物憂げに答える。

「そう、ならいいけど。結婚式どうした？」

「取りやめになったわ」

あっけらかんと言われて、返す言葉がなかった。

「あたしのせいかしら。佳絵ちゃんに聞かれたので、正直に答えたのよ。ショックを受けたみたいだった」

しばらく答えがなかった。和子にしては、珍しく言葉を選んでいるのかもしれない。

いつもなら、怒鳴られて喧嘩になるところだ。

「取りやめって言っても、サイパンに行くのをやめただけで、式はするつもりみたいよ。まだ詳細は決まってないの」

「そう。結婚するならよかったけど、幸也さんは、あたしのことを聞いて何て言ってるの？」

「さあ、どうだろう。実を言うと、佳絵は怒っちゃって、あたしにも口を利かないの。じきに出て行くだろうから、もういいんだけどね」

和子はさばさばと言った。

「あたしのことを黙っていたから？」

「そうらしい。あの人、子供っぽいね」

和子がうんざりしたような口調で言った。今日は姉妹の意見が一致しそうだった。


四月に入って、久しぶりに携帯電話の緊急地震速報が鳴った。身構えていると、ゆらゆらと軽く揺れて収まった。東日本大震災の余震だという。

緊急地震速報の音にも慣れた。だが、被災地の状況は、ほとんど変わっていないらしい。ガレキの片付けは進んでおらず、新幹線の復旧も、仙台空港の再開の目処も立っていないという。

福島第一原発は、いまだ危険な状態が続いていると囁かれていた。何が起きたのか、そして今、何が起きつつあるのか、知らされないままに情報が錯綜していた。計画停電は、三月終わりから、実施されていない。

啓子はジムで新聞を読む時、真っ先に、新たに身許が判明した死者の名前と年齢を読むのが習慣になった。

十代や二十代の若い死者がいると哀れを催し、この人にいったい何があったのだろう、と思いを巡らせた。ごく稀にだが、その時、山で死んだ仲間を思い出すこともあった。

『死んだじゃなくて、殺した、でしょう』

佳絵の憎しみを含んだ眼差しが蘇って、聞いていない言葉が聞こえることもある。

そんな時は、はるか遠くへ来たはずなのに、時間がくるりと巡り巡って元に戻ったような気がした。

頭上に垂れ込める黒い雲が、七〇年代に感じていたものよりも、はるかに重苦しく感じられて、自分たちのやったことが、児戯に等しいものに思えてくるのは、そんな時だ。

サイパンに行かずに済んだ春は、佳絵たちから何の連絡もないまま、こうして慌ただしく過ぎていた。


サイパンで結婚式が行われる予定だった三月二十七日からちょうど一週間後の夕方、突然、和子から電話があった。

「今、駅にいるんだけど、これから行っていい？」

和子の用件はわかっていた。佳絵の結婚に関する報告だろう。

本来ならば、啓子が行って謝罪した上に、結果を聞くべきなのだが、佳絵に会うのが億劫で、出向いていなかった。

「いいわよ。悪いけど、来る時にお鮨でも買って来てくれる？　後でお金払うから」

「もう買った。ちらし寿司にしたわ」

和子が打てば響くように答えた。ちょうどちらしが食べたかったから、好みの似た姉妹なのだろう。

「ありがとう。じゃ、お吸い物でも作って待ってるわ。何もないけどいい？」

「おかずも何か買って行くから、要らないよ」

それでも、豆腐と三葉の吸い物と、トマトサラダを作って待っていると、和子は三十分後に到着した。

「このうち、何か暗いわねえ。色彩がなくて、いかにも老人の住まいって感じ」

外階段を上って来た足音は弱々しく、さすがに年齢を感じさせる、と同情していたのに、和子は開口一番憎たらしいことを平気で言う。

「悪かったわね、暗くて。あんただって老人じゃないの」

笑うかと思ったが、和子はユニクロ製品らしい紫色の薄いダウンジャケットを脱ぎながら、話を変えた。

「公園の桜、咲いてたね。五分咲きだった」

「今年は死人がたくさん出たから、桜も禍々しいでしょう。何か色が濃くない？」

啓子は冷蔵庫から発泡酒を出した。

「そうかしら。逆に色が薄く感じたわ」

啓子がグラスに注いだ発泡酒の泡を見つめながら、和子が言った。ようやく話が嚙み合って、二人は乾杯の真似ごとをした。

グラスに口を付けた和子は、「冷たいわ」と言って、胸をさするような仕種をしたが、久しぶりに人と食事をしているせいか、啓子には美味しく感じられた。「うまい」と呟き、笑みを洩らす。

「それでどうした、佳絵ちゃん？」

「先週、婚姻届を出したみたいよ」

「それはよかった。籍が入って、和ちゃんも安心したでしょう？」

啓子は、妹の顔を見遣った。少し窶れたように見える。和子はさばさばと答えた。

「子供を産むには、まあ、何とか、籍が入ってよかったんじゃないかと思うわ。幸也さんに、父親になる自覚があるかどうかって問題は、ともかくとしてね」

和子の口調は、幸也に厳しくなっていると感じる。

「何かあったの」

「別に。佳絵が一人で走り回っているから、ちょっとどうかと思ってね。あまりに何もしない人だから。ずっとそんな調子なら、あの子が子育ても仕事も、全部引き受けるようになるんじゃないかと心配なの」

旅行や結婚式の計画は佳絵が立てていたから、キャンセルもすべて、佳絵が一人でやったのだという。

「佳絵ちゃん、大変だったわね」

「まあね」

もっと責められるかと思っていたのだが、和子は言葉少なだ。

「産んでしまえば、こっちのものでしょう」

「そうだけど、トラブル続きで、あの子もストレスを感じてると思うわ。お産に響かなきゃいいけど」

さすがに申し訳なくなって、啓子は謝った。

「悪かったと思ってるわよ。こんな形で話すことになってしまって。サイパンの挙式も流れたし」

啓子の顔をしばらく見つめていた和子が、心配そうに呟いた。

「でも、あの子は幸也さんに、啓ちゃんのこと、何も話してないのよ」

秘密を知った人間が、その秘密を隠すことによって、新たに苦しむことになるのだ。

啓子は、佳絵が可哀相になった。

「何だ。相談したのかと思っていたわ」

「言えなかったんでしょう。あの子なりに、事件にはショックを受けたのよ」

『おばちゃんは、人を殺したの？』

そう聞いた時の佳絵の表情を思い出して、胸が痛んだ。「じゃ、佳絵ちゃんは、あたしがサイパンに行かない理由を幸也さんに何て説明したのかしら？」

「体調が思わしくないらしい、とか誤魔化したみたい。そしたら、幸也さんはほっとした顔をしたそうよ。彼も行きたくなかったのよ。だから、佳絵は白けたって言ってた。まるで自分だけが結婚したがって、サイパンに行きたがっているみたいに見えたって。まるで道化だったって」

和子は苦々しげに言った。

「幸也さんが行きたくない理由は何だったの？」

「震災だってさ。自分たちだけが浮かれているように見えるのが嫌だったって」

「自粛ってことね。そういう人がいてもいいんじゃない。実際、人がたくさん死んだんだし。あそこのお母さんは、親戚が仙台にいるって言ってたじゃない」

「そうでしょうけど、結婚は個人的なことだから、あたしはそんな理由はナンセンスじゃないかと思った」

「ナンセンス。懐かしい言葉を使うのね」

啓子が驚いて言うと、和子は意地悪く反駁《はんばく》した。

「わざと言ったのよ。啓ちゃんが喜ぶかと思ってね」

「喜ぶなんて」

啓子は気分を悪くして、発泡酒を呷《あお》った。妹の悪意がよくわからない。

「だってさ、啓ちゃんともあろう人が、自粛なんて言葉を使うとは思わなかったよ。昭和天皇が亡くなった時だって、自粛なんて言葉大嫌い、とか言って、塾も休まないでやってたじゃないの。そんなあなたが自粛っていうから、びっくりしたの」

「でもさ、まだ被災地の人とか、発見されていない人もいるのよ」

啓子の反論に、和子が苛立ったように遮った。

「わかってるわよ。でもさ、前から計画していたんだから、サイパンに行けばいいのよ。そうしないと、人生の門出にミソが付くでしょう。あの子はどんどんお腹が大きくなるんだから、ウエディングドレスを普通に着れる最後のチャンスだったのよ」

そこまで言うのか。啓子は、困惑して答えなかった。

和子は、同じくユニクロ製品らしい黒いロングカーディガンの前を合わせてピンで留めた。陽が落ちて、気温が下がっている。

啓子は無言で立ち上がり、エアコンの温度を上げた。ついでに、吸い物の鍋に火を点ける。

小皿に醬油を差して和子の前に置き、割り箸を添えると、ようやく和子が口を開いた。

「連休あたりに、結婚式だけはやることにしたんだって。悪いけど、出席してやって」

「あたしが出てもいいの？　佳絵ちゃんがいいって言ってくれたの？」

啓子は鍋の前に立ったまま、振り向いて訊ねた。

「いいわよ。佳絵はまだ怒っているけど、人数は多くしたいのよ。だって、あっちは例のお母さんの親戚とかが大勢来るらしいから」

「お母さんの思惑通りってことね」

「そう、自粛は果たしたし、自分の親戚は出席できるし、で満足されているようよ」

「よかったじゃない」

啓子が何気なく言うと、和子が声を荒げた。

「よくないわよ。あっちは二十人以上で、こっちは啓ちゃんとあたしの二人だけよ。いくらなんでも不釣り合いで可哀相だわ。最初、サイパンで式を挙げることにしたのも、人数が少ないのを気にしてだったじゃない」

「ごめん」

啓子が謝っても、和子は何も答えない。ちらし寿司を食べ始めた。

啓子は、ふたつの椀に澄まし汁をよそって三葉を散らし、テーブルに運んだ。

啓子もちらし寿司を口に運んだ。商店街の鮨屋の物らしく、美味しかった。上機嫌になって、提案する。

「従姉妹たちに連絡して、出て貰うように頼んだらどうかしら。年賀状は遣り取りしているんだから、まったく知らん顔もできないでしょう」

「やめてよ、今更」

和子が不機嫌に言った。

「これ、よかったら食べて」

トマトサラダを勧めたが、和子は見向きもせず、自分の買ってきた惣菜だけに箸を付けている。

啓子は、和子の腹立ちにようやく気が付いた。

「怒ってるのね」

「怒ってるっていうか、啓ちゃんはいつも自分のことしか考えていないなと思って」

「例えば？」

「例を挙げなきゃわからないのね」和子が顔を上げた。「自分が信念でやったことなんでしょうから、覚悟してサイパンに行けばよかったのよ。そこで捕まったのなら、それはそれで、刑期を務め上げればいいじゃない。一生日本に帰って来れなくても、罪を償えばいいじゃない」

「酷いこと言うわね」

啓子は、服役したことで、罪は充分償ったと思っている。アメリカが新たに償いを求めるとしたら、それはまた別の次元のことだった。

「酷いこと？　でも、それが法治国家のルールってもんでしょう。啓ちゃんだって、法治国家の恩恵蒙《こうむ》ってる癖に何よ」

「それこそ、ナンセンスよ。あたしがサイパンなんかで捕まったら、佳絵ちゃんの結婚式を滅茶苦茶にしちゃうじゃない。そんな危ない賭はできないよ」

啓子も声を荒げたが、和子は動じない。

「啓ちゃんは賭って言うけどさ、賭っていう程度のことなんだよね、きっと。その犠牲になる人のことなんかちっとも考えてないんだもの。いつもそうなの。いつも啓ちゃんの犠牲になるの、あたしたち」

「それ、ちょっと大袈裟じゃない？」

啓子が肩を竦めると、和子が冷静な声で言う。

「大袈裟じゃないよ。現にお金が必要になってるし。啓ちゃんにはキャンセル料払って貰おうと思っているの。いいでしょ？」

「いいわよ、いくら？」

「全部で二十四万くらいだった。詳しい金額は、メールで知らせるわ」

啓子は絶句した。

「何でそんなに高いの」

「だって、キャンセルしたのは、出発日の前日の五日前だったでしょう。だから三十パーセント取られたのよ。一人約十二万のパッケージツアーで、六人分だから二十一万、それに手数料を含めると二十四万」

啓子は愕然とした。二十四万とは高過ぎる。

「あたし一人の分じゃ駄目なの？」

「だって、結局取りやめにしたじゃない。原因は、啓ちゃんがやめたことよ。それを全部、佳絵が払うのよ。あっちは一切出さないって言ってるの。サイパンでする条件を呑んだんだから、うちの都合でとりやめるのならキャンセル料は持ってください、という論理よ」

「酷いね。そんな人と結婚するの、やめたら？　そんなことを言う家と関わり合いになりたくないわ」

「いい加減にしてよ。啓ちゃんって、どこまで自分勝手なの」

和子が怒鳴って、いきなり割り箸を真っ二つに折って、床に投げた。

「嫌だ、やめてよ。そういうキレ方するの。気持ち悪いじゃない」

啓子は身を屈めて、和子が投げ捨てた割り箸を拾った。

「何が気持ち悪いの。こっちもうんざりよ。何を言いだすかと思ったら、アメリカに捕まるなんて言うし。自分のやったことなんだから、責任取ってよね。じゃ、キャンセル料は払ってくださいね。ここに来るまでは、さすがに可哀相かなと思って、あたしも半分出すつもりだったの。でも、いいわ。啓ちゃんに全額出して貰うことにした。その代わり、佳絵のお祝いは何も要らないからね」

和子はそう言って立ち上がり、ちらし寿司を半分残したまま、帰ってしまった。

翌日、和子からメールで、「二十四万六千七百円だけど二十万でいい」と言ってきた。振込先は、佳絵の口座である。

啓子はジムに行く前に銀行に寄って、支払った。年金と貯金の取り崩しで生きている身には辛かったが、やむを得ない。

しかし、こちらはサイパンで捕まったら、二度と会えなくなると怯えているのだから、もっと優しい言葉をかけてくれてもいいのではないか、と鼻白む思いもあった。

それとも、この感情は甘えで、和子の方が正しいのか。わけがわからなくなり、この迷いと自信のなさが、孤独というものの正体なのだ、とも思う。

振込の数日後、キャンセル料を振り込んでくれたことへの簡単なお礼と、結婚式を知らせるメールが和子から届いた。

式場は、麻布のチャペルだという。披露パーティもするらしいが、そちらは友達を呼んで騒ぐから出席の必要はないという。

これで一件落着か、と啓子はほっとした。とはいえ、佳絵の心中に、「伯母の過去」という重い楔《くさび》が打ち込まれて、それを夫にも伝えられないのかと思うと、哀れに思えた。

古市洋造から連絡があったのは、かなり大きな余震のあった日の夜のことだった。

夜九時ぴったりに、家の電話が鳴った。啓子は千代治からかと思って、ナンバー・ディスプレイモニターを覗いたが、０９０で始まる、知らない携帯番号だった。

「はい、西田です」

思わず出てしまったのは、和子と佳絵から愛想を尽かされたのではないか、という寂しさが心の底にあったせいかもしれない。

「夜分恐れ入ります、私、フルイチと申します」

男は礼儀正しく名乗ったが、啓子は誰かわからず、しばらくぼんやりしていた。聞き覚えがある名前だが、咄嗟《とっさ》に思い出せない。

「どちら様でしょうか？」

「すみません、古市洋造と申します。私は熊谷さんからご紹介頂きました者で、ライターをしているのですが」

クマガヤという名前にぴんとこなくて、一瞬考えていた啓子は、ああ、と大きな声を上げた。千代治の苗字がクマガヤだということを、いつも失念してしまう。

「ああ、千代治ね」

大きな声で言ってしまった。それが照れ臭くて、取材を断ったにも拘らず、電話をかけてきた男に対して厳然とした態度を取れなかった。

「そうです。熊谷千代治さんです」

男は少し笑ったようだった。その笑い声が誰かに似ている気がして、啓子は首を傾げたが、思い出せなかった。

「あのう、あたしは千代治、いや熊谷さんには、取材の件はお断りしたんですよ。聞いていらっしゃらないのですか？」

「いえ、聞いています。その件は残念ですが、仕方ありません。今日、お電話したのは、そのことではなくて、西田さんにアメリカでの逮捕があり得るかどうか、というお尋ねについて、知っているか、と熊谷さんに聞かれたので、僕のわかる範囲でお話ししようと思ったものですから」

「あなたが？」

千代治にしてやられた、と思った。ちょっと調べてみる、とは言っていたが、まさかフリーライターの古市に聞いたとは、思いもしなかった。

「はい、法律関係に詳しいわけではありませんが、少し知識があります」

「でも、頼んだのは、ずいぶん前のことよ。もう、サイパンに行くのはやめたから、いいのよ」

「そうですか。お電話が遅くなって申し訳ありません。僕、ちょうど海外に出ていたものですから、熊谷さんと連絡が取れたのが、一昨日だったんです」

連合赤軍の取材というから、千代治と同年代の男を想像していたのだが、古市の声は若い。まだ三十代か四十代初めだろうか。

「それでお電話するのが遅くなってしまったんです。でも、西田さんとお話しできて光栄です。嬉しいです」

啓子は慌てて釘を刺した。

「あの、あたしは取材は受けませんからね。それは熊谷さんにきつく言ってるので、それだけはわかってください」

「承知しています。お話ししたことも書きませんし、万が一お目にかかれたとしても、インタビューの類は一切しません。お約束します」

喋り慣れているらしく、滑舌《かつぜつ》よく滔々《とうとう》と喋られると、うっかり聞き入ってしまう。

「そうですか。じゃ、よろしくお願いします」

「はい、サイパンに入国した場合、アメリカ政府に拘束されるのではないか、というお訊ねですが、大いにあり得ることです。おやめになった方がいいと思います。今、おやめになったと聞いてほっとしました」

「でも、訴状も何も来てないんですよ」

「訴状は、普通来ません。またアメリカには殺人に時効もありません。アメリカでは、一度起訴されると、ずっとそのまま起訴状が残っているそうです」

「それも、入国しないとわからないんですね」

「そうです。でも、西田さんは、革命左派時代に、米軍基地にダイナマイトを持って侵入し、物置小屋に放火し、小火騒ぎを起こしていますよね。それは充分罪に問われていると思います。下手したら、殺人未遂罪になるかもしれません。そうなると、十年は喰らうでしょう。間違いなく、やられるでしょうね。西田さん、これまで外国にいらしたことはあるんですか？」

「ありません」

「それはよかったです。行かれるのなら、アメリカ以外をお勧めします」古市が笑った。

「って、他の国の大使館には侵入されたりしていないんですよね？」

「してませんよ」

啓子も答えながら、思わず笑ってしまった。

もちろん、電話ではわからないが、予想に反して明るい男だと好感を持った。

「赤軍派の城崎勉《しろさきつとむ》、ご存じですか？」

「名前は知ってますが」

「城崎は服役中ダッカ事件で、超法規的措置で釈放されて日本を出国しますが、その後、八六年にインドネシアで日本大使館にロケット弾を打ち込んで、九六年にアメリカ政府に逮捕されました。禁錮三十年という判決が出て、今テキサスのボーモントで服役しているはずです。刑を終えて日本に帰って来ても、今度は日本政府に捕まりますよ」

知らなかった。またしても、時間が巡り巡って、元に戻っているような不思議な感覚にとらわれて、啓子は黙り込んだ。

「たいした話ができなくて、申し訳ありませんが、僕の話はこんなところです」

「そうですか。わざわざありがとうございます。もう日本を出るのはやめにします」

せっかくパスポートを手にしたのに、という言葉は呑み込んだ。

「パリとかロンドンなら行けると思いますが、お望みなら、安全な国を調べてみます」

「いいですよ。それより」と、言いかけて、啓子は言葉を切った。

「それより？　何でしょう」

まるで、気軽なご用聞きのように問いかけるので、啓子は思い切って聞いた。

「君塚佐紀子さんって、今何をしているか、ご存じですか？」

「はい、知っています」

風穴から、風が吹いてくる。そこから見えるものは何だろう。どうしても好奇心を抑えることができなかった。

「お元気なの？」

「はい、お元気です。西田さんが、最後にお会いになったのはいつでしょうか」

古市は好奇心を漲《みなぎ》らせたように、意気込んで聞いてきた。

「全然会っていません。最後に会ったのは、公判の時で、偶然、廊下で擦れ違ったんです。その時は、係員の制止を振り切って、互いに駆け寄って、手を握り合った。それで別れたきりですね。連絡も取っていないし、結婚したという噂は聞きましたが、どこに住んで何をしているのかもわかりません」

「君塚さんは、三浦半島の方にお住まいです」

「会ったことがあるの？」

「あります」

まるで打ち出の小槌のように、古市からは知りたくて堪らない情報が飛び出てくる。

「どうなの。彼女、元気ですか？」

「お元気ですよ。お名前を変えられて、一切昔のことは語らずに、静かに暮らしておられるようです」

「結婚したんだから、姓は変わっているでしょうけど」

「結婚もされてますが、下のお名前も変えておられるようです。完全に別人になられたんですね」

「じゃ、あたしなんかが会いに行くと、迷惑ですよね？」

「さあ、どうでしょうか」と、古市が考え込んでいる様子だ。「僕は、君塚さんも、西田さんにお目にかかりたいと思っておられると思いますよ。お二人とも、特別な経験をされたのですから」

「そうよね」

「お望みなら、君塚さんに聞いてあげましょうか？　西田さんがお目にかかりたいとおっしゃっている、と」

「お願い」と言いかけてから、俄《にわか》に不安になった。「あなた、そのこと書かないでしょうね？　そういう交換条件ならお断りしますから」

「書きません」と、古市はきっぱり言った。

第四章　再会

佳絵とフロント前で言い争って以来、ジムでの雰囲気が微妙に変化した。

友人と呼ぶには語弊があるものの、会えば会ったで親しく話していたジムの仲間たちの目が、急に冷ややかになったような気がする。面倒な悶着《もんちゃく》を抱えている女、と思われたのかもしれない。

その日も、バレエのクラスが終わった後、啓子は七十過ぎの老女から、Tシャツの袖をぐいっと摑まれた。

「あなた、プリエの時、お尻を突き出してるでしょう。あまり綺麗じゃないわよ」

「そうですか。それはどうも」

何と返していいかわからず、口の中でもごもごと礼を言った後、余計なお世話と腹が立った。

「言われちゃったわね」

後ろから背中を突かれた。と、同時に、汗と化粧品の臭いがつんと鼻にきた。以前、横浜のT女子学院で同級生だったのではないか、と啓子に話しかけてきた宮崎だった。染めたばかりらしく、黒々とした髪が不自然だ。

「下手だから言われちゃいました」

おどけて終わりにしようとしたが、宮崎は唇を尖らせる。

「あら、あの人の方がずっと下手じゃない。もうお年でしょうよ」

そう言って、啓子をやり込めた老女の、痩せて丸くなった背中を睨み付ける。

「お互い様だと思いますけど」

笑って誤魔化したが、宮崎は黒白を付けないと気が済まないらしい。

「あなたの方が体が柔らかい」

「そんなことないけど」

「ううん、絶対に柔らかい。後ろから見てるからわかるわよ。脚が開いてるもの」

啓子は早くも、いきり立つ宮崎を持て余し始めた。こんな時の自分は、本当に冷たい人間だと思う。だが、宮崎は、侠気に酔っているかのように尚も言った。

「みんなね、ダンナが定年退職して家でごろごろしているから、溜まってるのよ。朝昼晩とご飯を作らなきゃならないじゃない。ジムに来る時だって、お昼ご飯を作ってからでないと出られないのよ。面倒臭いったらないわ」

いつの間にか自分の話になったようだ。啓子は、宮崎と話しているのに飽きて、タオルで首の辺りの汗を拭った。すると、宮崎が啓子の方を見た。

「あなたのおうちもそうでしょ。ご主人、おうちにいらっしゃるんでしょ？」

さりげなく探られている。

「いえ、あたしは独りなんです」

「え、結婚してるんじゃなかったの？」

宮崎が獲物を見付けたとばかりに、身を乗り出すのを感じる。何か間違ったかと慌てた。

「ええ、今は独りなんです」

「じゃ、この間、フロントのところにいた綺麗なお嬢さんは、娘さんじゃないの？」

「あれは親戚の娘です」

宮崎が滴らせる好奇心にたじたじとなって後退った。

「あら、そうなの。親戚にしちゃ、ずいぶんと気の強いお嬢さんだわね。言いたいこと言ってたって、誰かから聞いたわ」

「お騒がせしてすみません」

よほど話題になったのだろう。昼間のジムには、暇な老人たちの集団しかいないのだから、先日の口論は、軽率な振る舞いだった。

「この間ね、卒業アルバムを探したのよ。あなたにそっくりな人をもう一回見ようと思って。でも、アルバム自体がどうしても見つからないのよ」

啓子は、横浜T女子学院ではないが、横浜の小学校を卒業した。もしかすると、啓子に見覚えがあるという宮崎とは、小学校で一緒だったのかもしれない。

しかし、啓子の年代は団塊の世代だから、日本で最も人口が多い年齢層だ。たとえ、小学校が一緒でも、容易に自分を見付けられはしないだろう。

「だって、宮城だから」

「そうだったわね」

宮崎は、残念そうに啓子の顔を真っ正面から覗き込む。その視線が鬱陶しいので、啓子は軽く会釈してスタジオから出ようとした。

「ねえ、お風呂入って行くでしょう?」

宮崎がお仲間に入れてくれるらしい。

啓子はスタジオから廊下に出る数段のステップを上りながら、迷っていた。

「今日はちょっと急ぐので、お先に失礼します」

宮崎の返事はぞんざいだった。

「はいはい、お疲れ」

誰もが仲間外れにされることを怖れて、徒党を組みたがる。仲間に入ろうとしない啓子は変人と思われて、逆に好奇心の対象になっているらしい。

この小さなコミュニティからも拒絶されたら、自分には行く場所がなくなる。どの程度、どのように関わったらいいのだろうか。啓子は珍しく迷った。

「ああ、そうだ」何かを思い付いたらしく、先を行く宮崎が振り向いた。「あなたね、ああいう変な婆さんに文句付けられたら、こう言い返せばいいのよ。『汗の臭いに弱くって』って。そして、タオルを鼻に当ててたら、もう、誰もあなたに近付かないわよ」

それは、自分が宮崎に「見たことがある」と詰め寄られて、最後に慌てて言った台詞だった。その場しのぎの嘘だったのに、宮崎は気にしていたのかもしれない。

ああ、女は面倒臭い。

啓子はロッカールームに駆け込んで、開けたロッカーにタオルを乱暴に放り込んだ。


途中、質素な食事のための買い物をして家に戻ると、留守番電話が入っていた。

「フリーライターの古市です。どうも。先日、お話しされていた君塚さんの件ですが、ご連絡してみました。君塚さんは、現在は藤川《ふじかわ》さんと仰います。藤川さんは、西田さんにお目にかかってもいい、と仰っていました。どうなさいますか？ よろしければ、僕の携帯にお電話ください」

宮崎との会話で、沈んだ心が急に浮き立つのがわかった。四十年近く前に別れたきりの君塚佐紀子に再会できるのだ。迷いはなかった。

啓子は、すぐに古市に連絡した。

「もしもし、西田ですが、お電話ありがとうございました」

「いやあ、よかったですね」

古市の声は若々しくて力がある。

「ええ、承知してくださるとは思いませんでした」

下の名前も変えて、別人として暮らしているそうだから、事件を思い出させる自分とよく会ってくれる気になった、と嬉しかった。

「こちらから、お電話すればいいんでしょうか」

「いや、お電話もご家族の前では、あまり出たくないということですので、こうして頂けますか。あのう、メモ取ってください。いいですか？」

啓子は、慌ててメモ用紙を手にした。

「藤川さんは、月曜から金曜までの平日、午後一時から四時半までの間、直売所の店番をなさるそうなんです。その時間帯に来て頂ければ、お客さんは来るけれども、誰にも邪魔されずに喋れる、と仰っていました。つまり、家や近所の店では困る、ということのようです」

最後の言葉に、藤川こと君塚佐紀子の警戒心が表れているようで、気が重くなった。

「直売所？」

「はい、藤川さんは、三浦市でご主人や息子さんたちと無農薬野菜の農園をやってらっしゃいます。藤川農園といいます。農園から少し離れたところに、野菜の直売所があるんだそうです」

「ああ、そこで店番をなさってるんですね」

「そうです。真冬や雨の日は開けないそうですが、この季節は春野菜が取れるので、ほとんど毎日開けています、ということでした。住所は、神奈川県三浦市の下宮田《しもみやだ》です」

「どうやって行けばいいんでしょうか？」

「京急の三崎口駅からバスです」

古市が懇切丁寧に説明してくれたので、啓子は、京浜急行の駅からバスに乗る方法、バス停を降りた後の案内などを懸命にメモした。

「じゃ、そういうことで、よろしくお願いします」

古市が電話を切ろうとしたので、啓子は慌てて聞いた。

「すみません、ちょっと待って」

「はい？」

「君塚さん、いえ、藤川さんは、あたしが会いたがっていると言ったら、なんて仰ってましたか？」

「しばらく沈黙されてから、静かな声で仰いましたよ。私も会いたい、とずっと思っていたって」

「そうですか、良かった。迷惑だったらどうしようと思ってました」

「迷惑ということはないと思いますよ。むしろ、喜ばれていると感じました。ただ、他の方とは一切連絡を取ってないから、あれ以来、誰とも会ったことがないそうですよ」

「古市さんは、彼女に電話で聞いたんですか？」

「いや、僕は直接、直売所に行きました」

「京急とバスで、ですか？」

「いえ、僕は車を運転して行きました。よろしければ、僕がご案内してもいいですよ。ちょっとわかりにくいところだと思いますので」

「それはいいです、ありがとう」

啓子は、古市というライターの顔を見たいような気がしたが断った。今回は、自分の足で出向き、君塚佐紀子と二人きりで再会したかった。


ジムのない金曜日は、薄曇りの暖かい日だった。

すっかり葉桜となり、新芽が伸びる美しい季節に入ったのに、震災と原発事故のせいで、日本が黒い雲に覆われているようで、社会の空気は重苦しかった。

啓子は品川駅から京浜急行に乗った。横浜育ちの啓子が三浦半島に行くのは、初めてではない。遠足や行楽ではよく行ったから、むしろ懐かしかった。

ジムでの気鬱や、和子や佳絵らとの諍いを思い出すと、いっそ子供の頃の思い出の残る神奈川県に移って来ようかとも思うのだった。

しかし、それも藤川こと君塚との再会にかかっているのだと思うと、緊張を覚えた。

もし、君塚との再会が不快なものに終わったら、神奈川県に住もうなどと金輪際思わないだろう。住み慣れたアパートで、生を終える他はない。

品川を出てから、ほぼ一時間で三崎口に到着した。駅前に停まっているバスに乗って、岬の方に向かう。途中、教えられたバス停で降りてから、歩くこと十分、藤川農園の直売所が見えてきた。

直売所というから、よしず張りの簡素な建物を想像していたが、予想外に立派なプレハブだった。横に駐車スペースがあり、端っこに古ぼけた軽自動車と、派手なレクサスが一台停まっていた。

店の棚の上には、色とりどりのプラスチックケースが置いてあり、無造作に野菜が積まれていた。タケノコ、空豆、トマト、アスパラガス、スナップエンドウ、新ゴボウ、バジル。

軒先では、青いプラスチックバケツに入った花束が売られている。ルピナス、デイジー、シランなどが、小分けされ、２５０、３００など、バケツに直接、マジックで値段が書かれている。

太った女が一人、逆さまにしたビールケースに腰掛けて、客と話していた。農作業の時に被るボンネットを付けて、ピンクがかった割烹着《かっぽうぎ》。ジーンズに白いゴム長。

あれが君塚佐紀子だろうか。

声を聞きたかったが、客が喋るのを頷きながら聞いているだけなので、聞こえてこない。

啓子は野菜を見るふりをしながら、客との話が終わるのを待っていた。

客は都会から野菜を買いに来たらしい、洒落た身形の女だった。野菜の入ったビニール袋を手に提げて、立ったまま話している。

君塚らしき女が、啓子を気にして顔を上げた。

「いらっしゃい」

目が合った途端、はっとしている。太ったために面変わりしているが、間違いなく君塚佐紀子だった。色白だったのに陽に灼けて、薄い皮膚が茶色のなめし革のように光っている。

がりがりに痩せた姿しか覚えていないが、目の前の女は、当時の佐紀子より確実に三十キロは多そうだ。

「じゃ、また来ますね。ありがとう」

客は、駐車スペースに停めてあるレクサスで、あっという間に走り去った。

「啓子？　西田啓子？　久しぶり、久しぶり」

君塚佐紀子が、啓子の手を引っ摑んで、ぎゅっと握った。指が太くなってがさついている。だが、声は変わっていない。やや甲高い澄んだ声だ。

「君ちゃん、何年ぶりだろう」

君ちゃんと呼んだ後、君塚佐紀子はもう違う名前になっているのだと思い出してうろたえた。

「ごめん、今違う名前なんだよね」

君塚佐紀子は、大きく頷いた。

「今ね、結婚して藤川になったの。藤川良子《りょうこ》。りょうこはね、よいこと書くの」

そう言って、笑った。

「じゃ、何て呼べばいいの？」

「藤川さんでいいんじゃない？」

肩を竦める君塚佐紀子の目には、名前なんて記号じゃないか、とでも言いたげな色が浮かんでいる。

「じゃ、藤川さん。何かぴんと来ないけど」

「いいよ、何でも。よく来てくれたね。ありがとう。ほんと、懐かしい」

急に、藤川は涙を浮かべた。思わずもらい泣きしそうになって、啓子は割烹着の上から、藤川の太い腕をさすった。

「どうしたのよ、急に。泣かないで」

「だってさ、啓子は当時のままなんだもの。だから、時間が戻った感じがして泣けてくる。そりゃ、顔は少し老けたかもしれないよ。でも、体形とか雰囲気とか、全然変わってないの。髪型も、そんなショートにしてたよね。あなたはいつもクールで、摑みどころがないっていうか、近寄りがたいような雰囲気だったのよね。それがちっとも変わらないから、いろんなこと思い出して泣けてきちゃった」

その時、直売所の前の道を軽トラが通ったので、藤川は慌てて顔を背けた。

「みんな店を覗き込んで行くから、気が許せないの。後で、藤川さんのとこの母ちゃん、店番して泣いてたけどどうして、なんて聞かれたら困る。だから、客のふりしててくれる？」

「わかった」

しかし、どうすれば客を装えるのかわからない。試しに、キュウリを数本持ってみた。素早く、藤川がビニール袋に入れてくれる。

「サービス」

「ありがとう」

「いいわよ、キュウリなんかいくらでもあげる」

藤川が素早く涙を手で拭って笑った。黄色いビールケースをもうひとつ持って来て逆さまにし、自分が使っていた座布団を上に置いた。

座布団の上に座ると、藤川の体温で暖かかった。

啓子は、途中、自販機で買った缶コーヒーを差し出した。バッグから、クッキーの袋も出す。

「これ、食べて。ここで食べてても構わないんでしょう？」

「もちろん、誰かが店番していればいいのよ。長話していたねって言われたら、お得意さんだからお喋りしていた、と言えばいいの」

名前を変え、過去も一切話していないらしいから、相変わらず気を張った生活をしているのだろうか。

「名前を変えたって聞いたけど、いつ変えたの？」

藤川はすぐに答えず、太い指で缶コーヒーのプルタブを引いた。

「刑期を終えてから、すぐに改名したの」

「あなたが決めたの？」

「親よ。改名して縁を切るって言われた。私もその方がいいと思ったのよね。二度と帰らないと思った。今は結婚して藤川になったけど、前の名前は安田良子。なるべく平凡にして、大衆に溶け込んで暮らしてやれと思った。安田道代が好きだったから安田にして、良子は中野良子から取った」

「森山良子でなく中野良子か、時代だね」

啓子が合いの手を入れると、藤川は目を合わせて笑った。

「この世で啓子だけだよ。私の気持ちをわかってくれる人って。今それがわかって、何だか嬉しいような悲しいような複雑な気持ち」

「あたしもそう」

二人で、缶コーヒーで乾杯する仕種をした。

その時、軽自動車が停まって、近くの主婦らしい女が買い物に来た。いらっしゃい、と藤川が素早く立ち上がったので、啓子はコーヒーに口を付ける。

客は十分以上いて、藤川と啓子の話に加わりたそうだったが、藤川がうまく追い出した。

「君ちゃんは、いや、藤川さんはどうしてたの？」

「私は名前変えてから、農業でもやって暮らそうと思ったのよ。土と格闘っていいかも、と安易に思ってね。あと、農家は嫁がなかなか来ないから、入り込みやすいかなと思った。寒いところは嫌だし、暑いところは状況がわからないから、三浦半島が一番いいかなと思って、藤川農園で雇ってもらった。それから、藤川さんの息子と結婚したのよ。息子って言っても、当時四十を過ぎてたから、今は七十八歳の立派な爺さんよ。それこそテレビしか見ないような人。新聞も読まないし、雑誌も読まない。インターネットなんて、一度もやったことないから、私は気が楽だった」

「結構、調べてうまくやったんじゃない」

その調子では、藤川農園に独身の息子がいることも調べ上げてあったのかもしれない。

「そのくらいやるわよ」

「そうだよね」

社会を欺いてのうのうと暮らしてみせる、という逞しささえ感じて、啓子は感心した。

「今じゃ、子供が三人いて、長男が農園継いでる。次男はサーファーのプー。長女は東京で美容師やってる。上の息子には、有機農業やりたいっていう嫁が来て、孫が二人いるのよ」

美容師と聞いて、和子を思い出した。思わず、藤川に問うてみる。

「あなた、幸せ？」

「そうでもない」と、首を振る。

「幸せそうに見えるよ。あたしなんか、孤独だもの。今に孤独死するよ」

笑ったが、藤川は真剣な顔で首を横に振った。

「私は宮城出身って言ったでしょう。今度の津波でどうやら母親が亡くなったらしいの。新聞で名前を確認した。弟の一家もみんな死んだみたい。毎日、新聞を見ているけど、名前が出てこない。心配だけど、縁を切ってるし、東北とは縁もゆかりもないことになってるから、ダンナや子供も知らないの。それが辛くて。私、今回の震災がなかったら、啓子とも会わなかったと思うよ。一切思い出さずに、新しい自分として生きていこうと思ってたけど、そうはいかないんだって思って、むしろ、それは罪深いことじゃないかと思った」

「知らなかった。大変だったね」

宮崎に、君塚佐紀子の出身地を騙《かた》った自分が恥ずかしかった。

「大変というのでもないのよ。現実感がない、不思議な感じ。きっと、母親も弟も、私を放逐したことに重みを感じていたんだと思うんだ。そろそろ再会しようかと、お互いに思っていた時期だったかもしれない。それが何とも切なくてね。宙ぶらりんな感じなの」

啓子は何も答えられずに、プラスチックバケツに入ったシランの花を眺めていた。シランが、実家の庭に咲いていたことを懐かしく思い出したのだ。

「啓子はどうだったのよ、教えて」

「あたしの方はどうってことないよ」

そう答えながら、どうってことないはずはない、と自分の中のもう一人の自分が抗っている。

「うちはあたしが服役中に父親が死んで、出所して五年後に母親が死んだの」

「ストレスだよ」

藤川がきっぱり言った。

「そうかもしれない。母の死を最後に、親戚たちとも縁が切れたわね。みんなあたしのやったことに怒ってたから。妹がいるけど、離婚して、一人で子供を育てている。あたしは東京で学習塾をやって、何とか暮らしていたの」

「啓子は教員免状を持ってるんだよね。小学校教諭だったんだものね」

そう言われると、遠い昔のことのような気がしてくる。

「五年前に、生徒があまりに減ったので塾は閉めたの。今は、ジムに行ったりして、年金と貯金で暮らしているの」

「いい身分じゃない」

「そうね。そろそろ人生のおしまいのところに来たなと思う。あたしたち、あと何年生きるかわからないものね」

「永田さんも亡くなったしね。ひとつの時代が終わったな、と思ったよ、私」

藤川も同じことを考えていたのだ。

「そういや、この間、久間が来たのよ。びっくりした」

「久間さんて、啓子のダンナ？」

「政治結婚していた相手」自分で言って笑う。「政治結婚だって。誰も知らないよね、そんな言葉。今、自分で言って馬鹿みたい、と思ったわ」

二人で爆笑した。世間はもう大衆消費社会に入って、全共闘運動も安保闘争もとっくに支持を失っていたのに、自分たちは離れ小島に取り残されたかのように必死だった。いったい、何をしていたのか。

「久間さん、どうだった？　昔はカッコよかったよね」

「今はぼろぼろよ。足を怪我して引きずっていた。ホームレスかもしれない。話も合わないし、相変わらずお互いに傷付け合って、最低だった。会わなきゃよかった、と後悔した」

「本当のことを言うと、私、あなたに会うのも迷ったのよ。自分が振り捨ててきた過去というか、何か亡霊みたいなものが蘇るんじゃないかと思って」

藤川の方から打ち明けたので、ほっとした。

「あたしにもそういう不安があったのよ。だから、これまで誰にも会ったことがないし、会いたくもなかった。千代治から突然電話が来て驚いたのは、永田さんが亡くなったと知る前だった。古市さんというフリーライターが会いたがっているという話で。あれから、風穴が空いたみたいに、あたしの方が積極的になっているの」

藤川が頷いて、タバコを取り出した。タバコを吸わない啓子の知らない銘柄だった。火を点けて、旨《うま》そうに煙を吐き出した。

「実はね、私の実家が津波に遭ったというのも、古市さんが教えてくれたのよ。彼は、前から連合赤軍のことを調べていて、うちの実家にも私の情報欲しさに何度か行ったんだって。母親が懐かしがったらしいけど、弟が、そんな人間は知らない、と怒って追い出したそうよ。私も、家に電話があった時、たまたま私が受けたからよかったようなものだから、私は怒ってね。二度と連絡しないでくれ、と怒鳴った。そしたら、大震災があったじゃない、実家はどうしただろうと心配はしていたのよ。一週間後に、古市さんがこの直売所にわざわざ来て、被害を教えてくれた。亘理《わたり》の実家は流されて、全員行方不明ってね。最初は関係ないんだから、教えてくれなくてもいいんだと怒ったんだけど、そうではないと気が付いて、後で感謝した。あなたが会いたいって言ってることも、住所を教えていいですかって、わざわざここまで訊ねに来たのよ」

古市はどうしてそこまで熱心なのだろう。古市の並々ならぬ好奇心に、どことなく薄気味悪さを感じて、啓子は藤川に訊ねてみた。

「古市さんて、どんな人なの？」

「そうねえ。何て言ったらいいかな」

藤川は、言葉を探すかのように、プレハブ小屋の天井を仰いだまま、無言で何かを見ている。

啓子も釣られて見上げると、剝き出しになった小屋の天井に、灰色の蜘蛛が張り付いていた。脚が逞しく、しかも長い。脚の長さを入れれば、体長十センチ以上にはなる大きな蜘蛛だった。

「大きい」

啓子が後退ると、藤川が上を指さして笑った。

「あれは、アシダカグモよ。巣を張らないで、家の中に入って来るの。うちにも、ずっと居座ってるのがいるよ。ゴキブリを捕るから、わざと退治しないで放っておくんだって。でも、直売所にいるなんて珍しいね。どこから来たんだろうか」

啓子は、台所の壁に張り付いていた小さな蜘蛛を思い出した。そのすぐ後に、永田洋子の死を知ったので、蜘蛛が永田洋子の魂のような気がしたのだった。

奇《く》しくも、山岳ベースからの逃亡を共にした「君塚佐紀子」と再会した日に、またしても蜘蛛が現れたことが、意味ありげに思えて仕方がない。

この大きな蜘蛛が、事件全体を象徴しているようで、啓子は蜘蛛を見つめたまま、動けなかった。

「立派な蜘蛛でしょう」

藤川がふふっと笑った。

「でも、大きくて気持ち悪い」

思わず、本音を呟いた。

「いや、これはまだ小さい方よ。男の掌くらいのもいるよ。そういや、思い出した。啓子は虫が嫌いだったね。山で、盛んに言ってたものね」

しばらく蜘蛛の動向を気にして見上げていた啓子は、蜘蛛が一向に動く気配がないことに安心して、藤川に向き直った。

「あたし、何て言ってたかしら」

「覚えてないの？　ほら、私が冬山は寒いから嫌だって言ったら、あなたは、『寒い方がまだいい。冬だから、虫も蛇もいなくて助かった。もし、夏だったら耐えられずにすぐ降りたと思う』って言ったじゃない」

「そうだったかしら」

首を傾げたが、いかにも虫嫌いの自分が言いそうなことだった。

「そうよ。よく覚えている。いかにも、啓子って都会の人だなと思ったんだ。私は田舎育ちだから、虫がいたって平気で、寒いよりはずっとましだと思ってたもの。だって、人間は寒さで死ぬけど、虫に刺されたくらいじゃ死なないじゃない」

そう言った後、藤川は急にばつの悪そうな顔をして黙り込んだ。凍死した仲間を思い出したのだ、と啓子にはぴんときた。

たまに、こういうことがある。何気なく口にしたひと言が、自分の過去を抉《えぐ》ることが。決して忘れているわけではないのに、ふと無意識に出た言葉が、自分自身を傷付ける。

あの真冬の山で、永田や森ら、指導部の中央委員は、練炭に当たりながら、炬燵に脚を突っ込んで寝ていた。

被指導部の自分たちも、シュラフにくるまって小屋の中で寝ることができたのに、床下の凍った地面に直接座らされた仲間は、どんなに寒く苦しかったことだろう。

しかし、どうすることもできなかったのだ。いや、何かが急速に進んでいることへの怯えと、自分が次に総括要求されたらどうしよう、という心配とで、身も心も縮かんでいた。

嫌な思い出だ。啓子が、舌に残った苦味を懸命に飲み下そうとしていると、藤川が肉に埋もれた目を上げた。

「しかしさ、寒いとか虫が怖いとか、ひと言でも言ったら、私たちだって革命戦士として惰弱《だじやく》だ、と総括させられちゃったね」

そうだ。闇を怖がれば弱虫と言われ、寒いと言えば根性なしと詰られ、悲鳴を上げると女として媚びていると叱られた。死すらも乗り越える、ロボットのような強靱な革命戦士になれと言う。

そんなの無理だ、とわかっているのに、皆必死で戦士のふりをした。

「そうね。みんな総括の終わりには、些末なことばかり告白しちゃってたね。だって、やっちゃいけないこと、言っちゃいけないことを無理に絞り出して言わなきゃならないんだもの。あれは聞いているのも辛かった」

「ほんと。言ったら言ったで、今度は、それがまた総括される理由になる。アリ地獄だったね」

藤川はそう言って、土の付いた新ジャガイモの転がったテーブルの上のタバコの箱から、新しい一本を摘まみ出した。

さんざん洗ったらしい、色の褪《さ》めた割烹着のポケットからライターを取り出し、火を点ける。指は陽に灼け、以前の二倍以上の太さになって皺んでいる。いかにも農婦の手だった。

しかし、割烹着の下に着ている灰色のセーターから覗く首から下の皮膚は、白く透き通っている。それが本当の藤川が姿を現したように思えて、啓子は目を背ける。

藤川は啓子の視線にも気付かず、至福の境地ででもあるのか、口を半開きにして、風のない日の煙突のごとく、ぼわっと紫煙を吐き出している。

「変わらないね、そのタバコの吸い方。懐かしいわ。あれからずっと吸ってるの？　禁煙したことないの？」

口を半開きにしたまま煙を出すのは、藤川こと「君塚佐紀子」の癖だった。ちょっとした仕種や、言葉の端々に、若い時分と変わらない「佐紀子」が顔を出す。

「うん、刑務所では禁煙してたけどね」

「それは当たり前」

啓子が苦笑すると、藤川は楽しそうに啓子を見た。

「啓子はタバコ吸ってたっけ？」

「あたしは山に行く前にやめた」

「そうだっけか。あの時は窮乏生活だから、タバコなんか手に入らないものね」

「そうそう、貴重品」

二人で顔を見合わせて、どちらからともなく笑う。「同志」という言葉を連想する。記憶が共通だと、自然に気持ちが緩むものらしい。

「啓子も全然変わってないよ。啓子って、嫌なものとか気に入らないものとかを見る時に、無意識に眉根を寄せる癖があるでしょう、キュッて。今、蜘蛛を見上げる時にそうしてたから、ああ、この表情が懐かしいな、変わってないなって思った。ほら、CC（指導部）の連中がめちゃくちゃな総括要求している時とかさ、あなたはずっと俯いていたけど、時々、目を上げると、さも嫌そうに眉根を寄せて、横目で見てたじゃない」

ああ、同じだったのだ。啓子も、「佐紀子」が何気ないふりをしながらも、震える手を隠そうとしていたのを覚えていた。

「嫌というよりも、怯えていたのよ」

「ねえ、こんな経験してる婆さん、滅多にいないよね？　連合赤軍事件に関わって逮捕されて、六年もクサい飯食って、親兄弟と縁切って、名前変えて農家に潜り込んでいるんだから」

啓子は内心で付け加える。

そう。十二人もの仲間が責められて苦しみ、何日もかかって悶え死ぬところを見て、その死体を運んで埋め、そして、その罪を問われた。そんな経験をした人間は、世界でもそうはいないだろう。

我々は、一線を越えた人間なのだ。

人間が、時にとんでもなく残酷なことをしでかしてしまう生き物である、という線が明確にあるとしたら、我々は皆で、その線を越えたのだ。

四十年経って、線の在処《ありか》はもう消えたかもしれない。だが、越えたという記憶だけが体内に残って、自分たちを苦しめる。

そうだ。私たちは一回死んだ人間なのだ。

だから、「君塚佐紀子」が名前を変えたのは正しい。生き続けるのなら、新しい人間に生まれ変わる他はないのだから。

「滅多にいないと思うよ」

啓子が小さな声で同意すると、藤川が「ねえ、そうだよねえ」と強く言って啓子の目を覗き込んだ。その視線の鋭さは、たじろぐほどだ。

「私の話をわかってくれるのは、この世に啓子しかいないんだよ」

「そうかもしれない」

啓子は冷たくなった缶コーヒーを飲んだ。人工的な甘みに咽《む》せそうになる。

「あのさ。私の亭主は、ものすごい保守的な男でさ。右翼に近い。大人になってからずっと、自民党一本槍なんだよ。私が連合赤軍だったなんて知ったら、殺されると思う。でね、選挙の度に、私も自民党に入れろ、と強制されるの。投票所で勝手に書いてやろうと思っても、選管なんかは亭主の知り合いばっかだからさ、すぐにばれちゃうんだよ」

啓子は笑いながら訊ねる。

「君ちゃんも自民党に入れてるの？」

「入れてるよ。私の一票くらいで世の中が変わるはずがない、どうってことないよ」

「革命戦士が変わったね」

「変わって、何が悪い。そのくらいしなきゃ、騙せないよ。今じゃ、長男の嫁がエコで原発反対なのよ。それで、亭主が腹を立てている。サヨクじゃないかって。あの程度でサヨクかと可笑しいけど、私は政治なんか何もわからないふりをしてるの」

「うまく騙しているね」

またしても、二人で顔を見て笑い合う。

「でもさ、さすがに時効だよ。だって、永田さんも死んじゃったし、大震災は起こるしで、時代が確実に変わったものね。私、親も家も流されたと聞いて、再会する前に死んでしまったのかと、つくづく残念だったんだけどさ。同時に、ああ、私の禊《みそ》ぎはやっと終わったんだ、とも思ったの。永田さんが死んだ時にも、ああ、私たちのやったことがようやく終わったな、と思ったけど、それを3・11がさらに後押しした感じね」

啓子は藤川の目を見て頷いた。

「わかるよ。今年に入ってから、何となくその潮目は来ている感じがしてたよね。だって、あたしたちが山に入ったのが七一年でしょう。その四十年後に永田さんが死んで、その約一カ月後に3・11だものね」

「そうそう、来てた、来てた。潮時よ」と、藤川が何度も頷く。「ねえ、それより永田が死んだ時、啓子はどう思った？　啓子は永田の右腕だったじゃない。だから、ショックじゃなかった？」

瞬間、啓子は激しい違和を感じて、藤川の顔を見遣った。藤川は短くなったタバコを、太い指で挟み、啓子を凝視している。

その違和感は、藤川が急に、「永田」と呼び捨てにしたことではなかった。

「ちょっと待って。永田さんとは、あなたの方が仲がよかったじゃない？」

藤川こと「君塚佐紀子」こそ、永田の子分のような位置にいて、永田のパシリのようなことをさせられていたではないか。

永田は、子連れで山に入った山本《やまもと》夫妻の赤ん坊を可愛がり、作業に従事する両親の代わりに、よくおぶってはあやしていた。

侍女よろしく、その子のおしめを換えたり、粥を作って食べさせていたのは、保育士の資格を持つ藤川だった。

　そのうち、永田の信任も篤くなって、山岳ベースでは、永田と行動を共にすることも多く、一番の家来のような様相を帯びていたはずだ。

『君ちゃん、金子呼んで来て』

『君ちゃん、これ洗濯しといてよ』

『君ちゃん、これ、どう思う』

　永田が「君塚佐紀子」に命令する口調をまだ覚えている。逮捕後は、獄中での手紙の遣り取りも頻繁だった、と聞いている。

　啓子は反論した。

「あたしは右腕なんかじゃないよ。永田さんは、あたしのことを気に入っていたみたいだけど、それは米軍基地の一件で評価されただけで、あたしが呼ばれたのは違う理由よ」

「そうだっけか？」

　藤川は、細い目に猜疑心を宿らせて言う。

「そうよ、ちょっと待ってよ。事実誤認しないでよ」

　啓子が言いかけると、藤川がそれを遮って、タバコを持った手をひらひらと道行く軽自動車に振った。

　軽自動車の中から、ショートカットの初老の女性が手を挙げて走り去って行く。

「あれは、隣の農場の奥さん。結婚した時から、私の実家がどこかって、知りたがるの。東京出身だって言ったら、私に訛があって、何か聞き覚えがあるって言い張るのね。さすがにもう言わなくなったけど、苦手なんだ」

訛などほとんどないのに、あら探しをする人は、微かな違和感を大きくする能力があるらしい。

「君ちゃん、訛ってなんかいないじゃない」

そう言ってから、また、話が変わってしまったことに気付く。

「それがね、ふとしたことでわかるらしいの。たとえば、『駅』なんて単語ひとつが、ちょっと違うらしいのね」

「へえ、そうかなあ。えき」

啓子が口にすると、藤川がやってみせる。

「私は、ちょっと『え』が低いんだって。ほら、えき」

二人で、何度も「えき」と言い合った。ふと気付いて、何をしているのだろうと、また目を合わせて苦笑いする。

「どこでも同じなんだね。探ろうとする人は、どこにでもいるってこと」

啓子は、ジムの宮崎を思い出して言ったのだが、藤川は心配そうに上目遣いで見た。

「啓子も何かあったの？」

「ない、ない」と手を振って否定する。「ただ、あたしの顔に見覚えがある、という人がいて、家にある卒業アルバムを探そうとするのよ。それが嫌で、避けている」

「本当に顔を知ってるのかしら？」

藤川が心配そうに言う。

「まさか。仮に偶然同じ学校だとしても、何とかごまかせると思うよ」

「四十年も前の話だよ」

藤川が吐き捨てるように言った。

「そう。でも、なかなか言えないものよ」

啓子は、佳絵や和子との軋轢《あつれき》を思い出して憂鬱になった。前のように屈託のない関係に戻りたくても、佳絵はしばらくできないだろう。

そのうち、歳を取って、こちらは誤解されたまま死んでしまうのかもしれない。啓子は諦めの笑いを洩らした。

「仕方ないわよ。初めて聞く方はショックだろうから」

「そんなの時効、時効」藤川が乱暴に言い捨てて、話を戻した。「で、何の話をしてたんだっけ？　最近、すぐに忘れてしまうのよ」

藤川が、自分の頭を拳で叩いた。ごつんと鈍い音がした。啓子も思い出す。

「そうそう、古市さんがどんな人かっていう話だった」

「ああ、そうだった。すぐ話がずれちゃうね。古市さんは、四十歳くらいで真面目そうな人よ。背がひょろっと高くて。でも、あまりお金はないみたいで、服装もジーパンで貧相だったし、ボロボロの軽自動車に乗ってたね。いきなりうちに電話してきたから、私は最初怒ったって言ったよね？」

「聞いた。あたしも千代治経由で取材を頼まれたので、断ったんだけどね」

「千代治？　あいつ、日和見《ひよりみ》じゃない？　何か信用できないから、私、嫌いだった」

「あたしも」

二人でまた頷き合ったが、話題が変わらないうちに、聞いておこうと啓子は続ける。

「千代治はお調子者だから、どっかで知り合ったんでしょうよ。それで、古市さんは亘理町の君ちゃんの実家に行って、あなたの行方を聞いて来たのか。すごい行動力ね」

「で、電話が来て、渋っていたけど、春になれば直売所も開くからってことで、誰にもわからないように来るなら、会ってもいいよって言ったの。そしたら、3・11後にやって来て、実家の被害を聞かされた。呆然としちゃってさ。言葉もなかった。『申し上げるべきか迷いましたが、君塚さんの、そろそろ潮時ではないか、というお気持ちを考えると、言うべきではないかと思いました』って言うのよ。若いのに、想像力があって何か肝が据わってるのよ」

啓子は舌を巻いた。

「あなたの気持ちがわかっていたってことね。そんな人が何で、連合赤軍について書こうと思ったのかしら」

「さあ。ライターの創作動機なんか、私にはわからないよ。どうせ好奇心だけだろうと思ったけど、意外と根性はありそう。だって、私がこんなところにいるなんて、誰も知らないでしょう。私に追い返されることだって大いにあり得るわけよ。でも、突撃取材なのよね。あなたのところにも、今に行くわよ」

古市がその辺に潜んで、藤川と自分の再会を眺めているような気がして、啓子は辺りを見回した。もちろん、人影などない。

三浦半島の丘陵地帯がこんもりと広がり、左手には富士山が遠くに霞んで見える。

「実家でもね、最初は、なかなか口を割らなかったんだって。それを何度も通って聞きだしたんだそうよ。こっちは縁を切ったつもりだったけど、実家の方も私の居所をちゃんと知ってたんだなと思って驚きもした。それなのに、みんないなくなっちゃって。まるで親や兄弟がいたことって、夢だったのかなと思うよ」

藤川はさばさばとしている。

「でもまあ、古市さんのおかげで、あたしはまた、君ちゃんと会えたわけだし」

「そうそう。こうやって思い出話もできる」

「まさか、こんな日が来るなんて思ってもいなかった」

正直な気持ちだった。

「あ、ちょっと待って」

藤川がいきなり立ち上がったので面食らった。

客が自転車で到着したのだと知り、黙ってやり過ごそうと、缶に残ったコーヒーを飲み干した。

ボロの自転車を停めて、プレハブの中に入って来たのは、話好きそうな老人だった。色褪せた黒いキャップを被り、作業服を着ている。

トマトとスナップエンドウの袋を摑んで、無言で藤川の前に置いた。

「二百五十円」

藤川が小さなレジ袋を差し出した。自分で袋に入れろ、ということらしい。

「ずいぶん、話が弾んでいるな。俺、向こうの道路からしばらく見てたの」

「何で向こうから見てるの。こっちに来て一緒に話せばいいじゃん」

藤川が若者のような口調で言って、老人の腕を叩いた。老人は愉快そうに笑っている。

「いや、邪魔すると悪いからさ」

老人が好奇心丸出しで啓子をじろじろ見ているので、仕方なさそうに藤川が紹介した。

「東京のお客さん」

老人は、「へえ」と言って、反射的に粗末な駐車場の方を見遣った。

車がないのが不思議なのだろう。わざわざバスに乗って野菜を買いに来る客がいるなんて、信じられないのかもしれない。

「毎度」

藤川が追い払うようにきっぱり言った。老人はまだ話したそうにしながら、直売所を出て行く。

「あの爺さんは、どこからか流れて来て、近くの小さな借家に住んでるの。海の方で漁の手伝いをしたり、農家の手伝いをしたり、ペンキ屋で働いたり、ふらふらしてるの。ああいう人が懐いてくるのは、どっか私に似たような臭いがするのかもしれないね」

「元は全共闘かもしれないよ。あたしも近所の駐輪場のオヤジが元赤軍派の幹部かと思ったことあるもん」

啓子が言うと、藤川が声を上げて笑った。

「みんな、なれの果てさ」

「それとも公安の連中だったりしてね」

藤川が手を叩いて笑った。

横浜ナンバーのバンとミニクーパーが、駐車場に頭から突っ込んだ。それぞれ、主婦らしき女性が車から降りて直売所に向かって来る。

一人は馴染み客らしく、藤川が笑いかけたので、啓子は素早く立ち上がって、プレハブを出た。直売所の周囲を少し歩く。国道が、緩やかな丘の向こうにずっと延びていて、時折、乗用車や軽トラが通る。思ったより、交通量の多い場所だった。

駐車場の一番隅に停めてある軽自動車は、うっすらと埃が積もり薄汚い。バックミラーに神社のお守りが下がっている。藤川は、この車に乗って直売所に通って来るのだろう。

客がそれぞれ、野菜の袋を提げて車で帰って行った。立って見送った藤川が、啓子を手招きした。

「ごめん、待たせちゃって」

「いいよ。てか、こんな長居してるけど、いいの？　目に付かない？」

「大丈夫よ」藤川が太い手首に食い込んでいる小さな時計を見た。「まだ一時間しか経ってないよ。もっと喋ろう」

「大丈夫？　変な婆さんと話し込んでた、なんて言われない？」

「常連の中には、結構ここで喋っていく人がいるから、大丈夫よ」

しかし、藤川は疲れを滲ませた顔で、タバコに火を点けた。ぼわっと煙を吐きながら言う。

「ねえ、私たちが迦葉ベースから、一緒に逃げた時だけどさ。啓子は何を考えていたの」

「覚えてないわ。疲れて寒かったし、もう仲間の死体を埋めるのはごめんだ、とそればっか思っていた」

「私もそうだった」

谷間に作られた高床式風の小屋を抜け出し、「君塚佐紀子」と川沿いの林道を歩いて降りた。雪が積もっていたが、この数日間は降っていなかったので、歩くのは楽だった。

雪道に、大きな足跡と小さな足跡が点々とふたつ並んでいるのは、一昨日山を下りた森恒夫と永田洋子のものだろう、と思いながら、二人で口も利かずに歩いた。

途中、戦車のような形の大岩を過ぎる。仲間に「タンク岩」と呼ばれていた岩は、ベースが出来上がるまで、テントを張った場所だ。

『私の体、臭くない？』

後ろから付いて来る「君塚佐紀子」が訊ねた。

『わからない。君ちゃん、あたしはどう？』

『わからない。臭わないと思うけど』

二人とも、疲れ切って嗅覚も鈍麻していたのだ。しかし、啓子は、内心、自分の体から死臭がするのではないかと怯えていたのだった。


「啓子、あなたさ、金子さんのお腹の子を何とか取り出して育てようって話の時、永田に賛同してたよね」

いきなり、藤川が言ったので、記憶を辿っていた啓子は驚いて藤川の顔を見た。

「言ってないと思うけど」

「言った。私、それだけはできないよって思って、山を下りる決心をしたんだよね」

啓子は混乱して、プレハブ小屋の天井を見上げた。そこには、まだ灰色の蜘蛛がいる。

「啓子、全然覚えてないの？」

藤川が、タバコの灰を忙《せわ》しなく、金属製の灰皿に落としながら訊ねる。のんびりした口調だが、目には疑わしげな色があった。

嫌な記憶を都合よく改変したのは、他ならぬ啓子の方だと思っているのだろうか。

「覚えているよ。でも、ちょっと待って。賛同っていうほどのものじゃなかったと思うから、正確に思い出してみる」

「だって、虫のことだって覚えてなかったじゃない」

藤川がからかうように言う。

「そうだけど。どうでもいいことと、どうでもよくないことの区別くらいは付くよ」

藤川に腹立たしさを覚えながら、啓子は金子みちよの青白い顔を思い出す。


啓子が、金子たちの見張り役を命ぜられたのは、榛名《はるな》ベースを捨てて、迦葉ベースに移動する時だった。

だが、迦葉ベースはまだ完成しておらず、近くのタンク岩の前でテントを四つ張って寝泊まりし、作業に出かける日が続いていた。

テントのひとつに、総括対象となった金子みちよと大槻節子《おおつきせつこ》、そして山本順一《じゅんいち》が入れられていた。

縛り上げられた後、シュラフに入れられ寝かされていた金子は、気の強そうな吊った目をずっと閉じていた。

顔は、前日に殴られて、無惨に腫れ上がっている。森や永田らに、最初は針金を輪にしたもので、その後、森には拳固、永田には平手で殴られたと聞いていた。

金子の隣には、大槻節子が同様に縛られて、シュラフの中に横たえられていた。

大槻には、数日前から食事も水も与えられていなかったから、誰よりも衰弱していたはずだ。しかし、時折、現れる永田が、「総括は進んでるか?」と訊ねると、「はい、総括しています」と小さな声で答えるのが、哀れだった。

そして、車を溝に落としたとして、森の怒りを買った山本順一が、逆エビ形に縛られて転がっていた。山本も森たちに激しく殴られたために、顔が血だらけで腫れ上がっている。

山本は、妻と赤ん坊を連れて入山した。妻が心痛からか、始終テントを覗きに来たがるので、永田に「山本の総括が遅れるから、おまえは見ない方がいい」と諭されていた。

テントの中は、大小便や吐瀉物《としゃぶつ》の悪臭に満ちて、耐えられないほどだった。しかし、仲間が総括で苦しんでいるのだ。そのくらいは我慢すべきだ、と啓子は思っていた。

啓子は、寒さと悪臭よけに、自分のシュラフにくるまって鼻を押さえ、何となく絶望的な気分で、テントの入り口付近に蹲《うずくま》っていた。

「西田さん」

金子に、小さな声で名を呼ばれたのは、ちょうど昼飯時だった。

小屋の建設から戻って来た男たちが、テントの外で昼飯代わりの汁粉を食べていた。

建設に行かない女たちが給仕しているらしく、咀嚼《そしゃく》する音や、話し声、時折混じる笑い声などで、金子の声は外には洩れなかった。

私語は禁じられている。啓子は、「しっ」と人差し指を口に当てて、黙るように命じた。

総括を要求されている金子とお喋りをした、と知られれば、自分もどうなるかわからない。

啓子は、残る二人の様子を窺った。大槻節子は固く目を閉じて、寝ているのかいないのか、ほとんど反応していなかった。山本は、時折微かに呻く程度で、やはり失神しているかのように、固く目を瞑《つむ》っている。

「西田さん」

もう一度、金子がはっきりと呼んだ。

啓子は外の様子を窺ってから、金子の横に行って、顔を覗き込んだ。

「どうしたの」

金子は腫れ上がった目を開けて、じっと啓子を見上げた。「反抗的な目をしている。反省していない」と、森や永田を怒らせた眼差しだった。

「こんな目に遭っても赤ん坊が動いてるのよ。凄いね」

金子は小さな声で呟くように言った。笑ったようだったが、顔が腫れていて、表情はよくわからなかった。

啓子は胸がいっぱいになり、励まそうとした。

「頑張らなきゃ駄目よ」

少し経ってから、金子が聞いた。

「頑張ってどうするの？」

「赤ちゃん、産むんでしょう」

金子が微かな溜息を吐く。

「そんな体力は残ってないかもしれない」

「でも、頑張りなさいよ」

「ねえ、頼みがあるんだけど」

金子が低い声で囁いた。

「何？」

多分、金子の頼みを叶えることはできないだろう、と啓子は思いながら、聞き返した。

「子供だけでも助けて。西田さんも妊娠しているからわかるでしょう。この子を助けて、革命戦士にして」

「わかった」

啓子はそう言って、素早く金子のもとを離れた。テントの外に足音がしたからだ。

しかし、テントの傍を通っても、誰も中を覗こうとはしない。金子たちのことは、皆が目を背け、見ないようにし、考えないようにしていた。

考えれば考えるほど、可哀相で恐ろしくて、助けたくても助けられない。いったん、総括対象になったら、虐《いじ》め殺されるとわかっているからだ。

啓子がテントの入り口に再び蹲ると、金子が懸命に腫れた顔を巡らせて、啓子の方を見た。頼んだわよ、と言っているようで、心が苦しかった。

金子の願いをどうやって叶えたものか。目を背ける自分が弱くて、嫌で堪らなかった。やがて、啓子は見張りを解かれて、やっと昼飯の汁粉にありついた。

箸で数粒の小豆を掬《すく》った時、永田がせかせかと横にやって来た。白いタートルネックのセーターは、とっくに薄汚れて灰色になっている。

「金子の様子はどう？」

聞くくらいなら、自分で見に行けばいいのに。永田は気の弱いところがあって、苦しむ金子や大槻の姿を見たくないのだった。

「弱っていると思います」

「どのくらい弱ってる？」

「食べてないし、縛られているから」

可哀相だ、と言いかけて、言葉を呑み込む。うっかりしたことを言うと、総括にかけられてしまう。

が、幸か不幸か、永田は啓子を好ましく思っているらしく、多少のことを言っても聞き流してくれるのだった。

つまり、金子みちよも大槻節子も、永田に気に入られてはいなかったのだ。二人とも、

政治的主張ははっきりしており、永田が劣等感を持っている異性に対しても、対等に意見を言う。しかも、二人とも美しい。

特に金子は、性的にも主導権を握りたがる、と森に批判されていた。森に向かって、「目が可愛い」と言い放って、森を激怒させたこともあるらしい。

革命戦士といえど、女性差別は歴然とあり、後になって思えば、幼稚な集団だったのだ。

「大槻は総括してるけど、金子には、その様子が全然見られないのよね。のらりくらりとして、時には反抗する。啓子の目から見てどう。金子は総括してるように見える？」

「前向きだと思います」

言葉尻をとらえられないように、当たり障りのないことを言うしかなかった。

永田は、分厚い唇を噛んで、何か考え込んでいる様子だった。山中の生活で、その唇はひび割れ、血が滲んでいる。

「森さんがね、子供だけでも取り出すことを考えたい、と言うのよ」

啓子はどきりとして、永田の爛々と光る目を見た。

「どうしてですか」

「つまり、森さんは、金子は子供を私物化していると批判しているの。子供の存在を盾に取って、総括をさぼっていると言うのよ。だから、腹から子供を取り上げて、子供は組織のものとして教育した方が、金子のためにも、子供のためにもいいだろうって」

啓子は唖然として、反論した。

「お腹から、どうやって出すんですか。無理だと思います」

永田は急に自信なげになったように見えた。声を一段落として、啓子の耳許で囁く。

「わからない。できるかどうか、看護婦の梶井《かじい》に聞いてみようと思う。あと、山本さんにも」

梶井はともかく、経産婦だというだけで、山本の妻に医学的知識などあるはずはない、と啓子は思ったが、黙っていた。

「まあ、それは少し先になるかもしれないからさ。ともかく、女たちで、金子の総括を最後までやり遂げたいと思ってるんだよ。啓子にもわかるだろう？」

「はあ」と、啓子は頷いたが、自信はまるでなかった。むしろ、腹を裂かれた金子の姿が想像されて、恐ろしくてならなかった。

同日、迦葉ベースがやっと出来上がり、その出来映えに、森も永田も大喜びだった。

啓子も見に行ったが、登山道から急な沢を登ったところのわずかなスペースに、よくぞ建設した、と思うような高床式の立派な小屋が建っていた。

まず、全員で荷物を運び上げた後、金子と大槻、山本の三人はシュラフに入れられたまま、男たちによって運ばれ、床下の柱に縛り付けられた。もちろん、指導部と被指導部は、床上の炬燵付き居住スペースにいる。

立った形で柱に縛り付けられた金子が、寒さで震えが止まらないのを見て、啓子は気の毒でならなかったが、口に出すことはできなかった。

案の定、大雪の降り始めた夜に山本が亡くなり、同日の夕方、衰弱した大槻も亡くなった。

誰もが、あんな寒いところで食事も与えられずに縛られていたら、死ぬに決まっている、とわかっているのに、どうにも動けないし、進言できないのだった。

ところが、奇跡のように金子はまだ生きていた。まるでお腹の赤ん坊が母親を生かしているかのように、丈夫で強く、目にはまだ力があった。

二月一日の夜のことだった。

啓子たちが炬燵に当たっていると、永田がやって来た。やって来たと言っても、同じ小屋の奥にある、指導部の炬燵から移動しただけだ。

「被指導部の皆に話がある」

永田はそう言って、森の方を振り返った。

森は素知らぬ顔で、指導部の連中、坂口や坂東、吉野らと炬燵でひそひそ何か相談をしていた。

「床下の金子には聞かせたくないので、小さな声で話したい。皆、こっちへ」

啓子たちは慌てて炬燵から出て、板敷きの床に立って並んだ。

迦葉ベースに残っている被指導部は、啓子と、死んだ山本の妻、保育士の君塚佐紀子、看護婦の梶井に、看護学校生の金村《かねむら》、男の兵士が二人だった。

永田が、金子に聞かれたくないと前置きしたため、また、金子を「殴って総括する」と言いだすのではないか、と啓子は怯えた。

大槻節子が死んだ時、森が「これから大槻を殴って総括する」と言ったのを床下で聞いていて、ショック死したのではないか、という説があったのだ。

永田は、皆の顔をひとわたり見てから、小さな声で言った。

「金子は縛られてから、お腹の子供を私物化している。子供がお腹にいるから、激しく総括要求されないだろうと安心しているのだ。だから、子供を組織の子供として金子から取り返さねばならない」

啓子以外は、永田が何を言っているのだろうと訝《いぶか》しく思ったに違いない。隣に立っている君塚佐紀子が、わけがわからないという風に、啓子の顔をこっそり盗み見るのがわかった。

「だから、子供を取り出すことを考えている」

啓子はすでに知っていたから動揺しなかったが、誰かが息を呑んだ音が聞こえた。

永田が意見を聞くように皆を見回したが、静まりかえって、誰も顔を上げなかった。

誰も賛同しない、と気付いた永田が、啓子を指名した。

「啓子、おまえはどう思うんだ」

「子供のためには、いいと思います」

そう答えるしかなかった。床下の金子も、もし自分の言葉が聞こえたなら、さぞかしほっとしたに違いない、と啓子は思った。

「梶井はどう思う」

だが、看護婦の梶井は黙っていた。永田は焦った表情になった。

永田は度胸がないのだ。いつも命令するばかりで、自ら手を下さない。だから、子供を取り出す事態になれば、一人でできるはずもなく、賛同する者さえいれば何とかなる、と思っていたはずだ。

「だからさ、みんな、湯たんぽを十個でも二十個でも使って、子供を育てようよ。育て上げようよ」

永田が懸命に明るく言うと、軽く頷く者もちらほらいて、永田は勇気を得たように続けた。

「女たちで、金子を上に上げて、綺麗にしてやろう。体を拭いて、服を着替えさせて、食事も与えよう。金子の子供が健康でいられるようにしてやろう。女たちで、金子の総括を最後までやり遂げようじゃないか」

「異議なし」

真っ先に安堵したように叫んだのは、山本の妻だった。子供を抱いて涙をぼろぼろ流していた。無惨に死んでいった山本のことを思い出しているに違いなかった。

啓子は、子供を取り出すことと、金子を綺麗にして食事を与えることが矛盾しているように思えてならなかったが、いずれにせよ、金子が元気になるなら、そして時間が稼げるのなら、まだ別の方法もあるだろうと思ったのだった。

啓子たちは皆、いそいそと床下に下りて金子のいましめを解いた。腕にも脚にも、きつく縛られた縄の痕が付いていて、へこんだままだった。

啓子と梶井は、金子の汚れた服を脱がせて、男たちが沸かした湯で体を拭いてやった。金子は何も言わず目を閉じて、ただ、されるがままになっていた。

金子みちよが力尽きて亡くなったのは、二月四日の明け方のことだった。

森に再び縛られた土間の丸太の上で、冷たくなっていた。もう永田も森も、子供を取り出そう、などとは言わなかった。


「思い出したよ」

長い沈黙の後、啓子は藤川に言った。花の水を取り換えたり、キュウリの本数を数えたりしていた藤川は、戻って来て啓子の前に座る。

「ずいぶん時間がかかったね」

「金子さんのことを思い出していたの。あの時、あたしが永田に賛成したのは、もう金子さんは駄目かもしれないから、せめて子供だけでも、と思ったからよ」

金子本人から頼まれたことは言わなかった。言ったところで、藤川は言い訳だと思うだろう。

「もちろん、誰もがそう思ってたと思うよ。でもさ、生きている女の腹から子供をどうやって取り出すの？　あり得ないでしょう」

藤川は怒りを抑えられない様子で言う。

「うん、あり得ないけど、それしか子供の助かる道はなかったんだよ」

藤川が激しく首を振った。

「医者もいないし、薬も何もない。そんなところで、腹なんか裂けないよ。それは、金子さんが死ぬことだ。だから、みんな呆れて、ものが言えなかったのよ」

わかってるよ、と啓子は小さく答える。

「じゃ、聞くけど、あなたは表立って反対した？」

啓子は反撃した。藤川はタバコに火を点けて、返事をするように煙を吐き出す。今度は、唇をすぼめたので、煙はまっすぐ伸びた。

「できないよ。できっこなかった。でも、積極的賛成はしていない」

「つまり、みんな烏合の衆だったってわけよね。でも、何やったって、状況は変わらなかったじゃない。だったら、君ちゃんは、金子さんが床下で凍死するのを待った方がいいと思ったの？　子供も助からずに？」

藤川が憤然とした。

「そんなことは思ってないよ。でも、あまりにも現実離れしていたから、あの提案は不快だったの。言いだした森も永田も、賛成した啓子も」

そうだったのか。啓子は愕然とした。

藤川が「私、それだけはできないよって思って、山を下りる決心をしたんだよね」と言った時、森や永田だけでなく、啓子のことも非難していたのだ。

おそらく、藤川は、啓子が都合よく事実を捻じ曲げている、と思っているのだろう。切なかった。

「誰にも言ってないけど」

とうとう、啓子は打ち明けることにした。

「何?」と、藤川が目を向ける。

肉に埋もれた顔を彫り出せば、若い「君塚佐紀子」の輪郭が現れる。えらの張った癇の強そうな顔が。

懐かしさと同時に、長い期間、啓子を心の底では許そうとしなかった「君塚佐紀子」が睨んでいるようで、啓子の心は沈んだ。

「金子さんが、テントの中であたしに言ったのよ。タンク岩で見張りをさせられた時だった。『子供を助けて、革命戦士にしてほしい』って言ったの。だから、あたしは永田の案にやむを得ず賛成した。それなら、金子さんも喜ぶだろうと思った。だって、あの時の金子さんは、もう諦めていたもの。いったん総括の対象になって、生き残った人はいない。たとえ、吉野の妻だって同じだよ」

藤川は沈黙していた。缶コーヒーに手を伸ばして、空だとわかり、太い指を離す。

「つまりはさ。私たちの誰も、あいつらに逆らえなくて、みんなで尻馬に乗っかって、仲間を見殺しにしてたってことよね」

　啓子は頷いた。

「そうよ。最初は赤軍の誰それ、次は革命左派の誰それ、と交互に次々とやったりやられたりしたじゃない」

「そうだったね」

　藤川は大きく嘆息しながら、汚れた割烹着で鼻の下の汗を拭った。啓子は初めて、暑くもないのに、藤川が夥《おびただ》しい汗をかいていることに気付いた。

「あなたと永田さんは獄中でもずいぶん手紙の遣り取りしたって聞いてるけど、それ本当？」

「したよ。あっちから来るから、何だか哀れになってね。でも、永田が、みんな森のせいにしまくってるのがわかって、ちょっとうんざりもした」

「そうね。永田さんも坂口も誰もがみんな、死んだ森のせいにしている。でも、あたしたちだって、永田さんと森のせいにしてるじゃない」

　藤川は苦い顔で黙っていた。ちょうどその時、駐車場に車が二台入って来た。主婦風の女が一人と、夫婦らしき中年カップルが直売所に向かって来る。

「まだ帰らないでしょ？」

　藤川が早口で言って、啓子に少し待つように手で合図して、タバコを消した。

「うん、待ってる」と、啓子。

藤川は、客に愛想よく挨拶した。

「いらっしゃい。毎度どうも」

客たちは、十分くらいいて、丁寧に野菜を選んでいた。やがて、それぞれ金を払い、藤川は割烹着のポケットから釣り銭を出した。

彼らが車に乗って帰って行くのを見届け、啓子はプレハブの天井を見上げた。まだ、灰色の蜘蛛がいる。

「まるで、あたしたちの話を聞いているみたいね」

啓子は大きなアシダカグモを指差した。釣られて見上げた藤川が冗談を言った。

「この蜘蛛、公安じゃないの」

二人で目を見合わせて噴き出した。最近はその影を見ないが、以前は定期的に訪ねて来た。やがて、公安刑事たちも定年になって代替わりし、どこでどう見張っているのか、最近はまったく姿を見ない。

「結婚した当初は、しょっちゅう怯えていたのよね。山の夢なんか見ることあるでしょう。そんな時、目が覚めると、何かまずいことを寝言で口走ったんじゃないかと思って、心配だった。ダンナに、うなされていたぞ、なんて言われると、何を言ったんだろうと怖くてね」

「結婚したら、そうでしょうね」

啓子は腕時計を覗いた。そろそろ四時に近い。藤川の店終いの時間が近付いていた。

「私ね、子供が出来て妊娠八カ月になった時に、金子さんのことを思い出して、すごく辛かった」藤川が涙ぐんだのか、また汚い割烹着で顔を拭いた。「ああ、こんなにお腹が大きくて、息も苦しい時に、あの人は冷たい雪の上に寝かされて、ぎゅうぎゅうに縛られていたんだって思うと、可哀相で可哀相でならないの。私なんか、ちっとも愛していないダンナの子供を孕《はら》んで、子供が生まれても、果たして可愛がることができるか、なんて心配していたのに、いざお腹が大きくなると、愛しくて堪らなかったんだよね」

「わかるような気がする」

啓子も、金子みちよの気の強い眼差しを思い出して、涙ぐみそうになった。いかにも、良い家庭でまっすぐ育ってきたことを思わせる賢い女だった。

「ねえ、啓子はどうしたの」

いきなり、藤川が啓子の腕に手を置いた。

「何が」

「だって、山に来た時、妊娠してたでしょう？　あの時、妊娠何カ月だったの？」

啓子は少し逡巡した後、打ち明けた。久間にも告げなかったのに、金子みちよの話をしたら、話してもいいような気がした。

「三カ月だったかな」

山本夫妻の連れて来た赤ん坊。妊娠六カ月の金子みちよ。そして、自分は妊娠三カ月。

そこには、壮大な計画もあったのだ。

「その子、どうしたの」

「始末した」啓子は目を伏せる。「収監されてから、搔爬《そうは》した」

「そうか、久間さんの子でしょう？　残念だったね」

「そうね」と、啓子は浮かない顔で答える。

藤川が、啓子の手にどさりと野菜の袋を握らせた。中に入っているのは、ジャガイモ、にんじん、キュウリ、ズッキーニ、春キャベツだ。

「重いかもしれないけど、食べてみて」

「ありがとう。ずいぶん話したわね」

「啓子は、これから梶井さんとか、山本さん、金村さんには会わないの？　私はここから動けないから、どこにも行かないけど」

「彼女たちの行方はわかってるの？」

「古市さんに聞けばわかるでしょうよ」

「どうしようか。ゆっくり考えることにする」

「そうしなよ」

「じゃ、今日は長居してごめんなさい。人目に付かないといいんだけど」

啓子は手を振って、直売所を出ようとした。

「また、おいでよ。ここでなら会えるから」

「ありがとう。じゃ、また」

啓子は藤川に手を振って、バス停に向かって歩きだした。振り向くと、藤川は踵《きびす》を返して直売所に入るところだった。

その肉の付いた厚ぼったい背中は着ぐるみで、中にいる「君塚佐紀子」が透けて見えるような気がした。

うっすらと雪に覆われた県道は、車の轍《わだち》だけが二本、黒々と長く延びていた。その道を、ぼろぼろの乗用車で迦葉ベースから下りて来た。

運転しているのは、被指導部の近藤良夫《こんどうよしお》。二十二歳になる革命左派の男性兵士で、親しくはないが、もちろん山に入る前から知っていた。

近藤は高校生の時に京浜安保共闘に入り、川崎で労働者のオルグを受け持っていたと聞いている。

啓子と近藤は、沼田市で、砂糖や米、麦、スキムミルクなどを買ってくるよう、永田に命じられた。

被指導部の兵士が買い物に行く場合、必ず指導部の幹部が一人、お目付役で付いて来るものだ。が、珍しく二人だけで行かされたところを見ると、指導部にそんな余裕もなくなってきたのかもしれない。

近藤は坂口弘の一の子分を自称している。そして、啓子はなぜか永田に気に入られている。だから二人きりでも、買い物に出されたのだろう。

被指導部の者たちが、少しでも反抗的な色を見せたら、逃亡や密告を怖れている指導部は、町での用事など絶対に言い付けない。その意味で、啓子は永田の全面的な信頼を得ていることになるのだが、その根拠はどこにあるのだろう、とずっと考えている。

車内はヒーターを点けていても、凍えるほど寒かった。近藤がすべての窓を開け放して走っているせいだ。啓子は助手席で震えが止まらなかった。

『寒いから、窓閉めてくれない？』

こんなことも気軽に頼めないのは、近藤でさえも、心の底の底では信頼できないからだった。

万が一、近藤に「西田さんに、寒いから乗用車の窓を閉めろと言われた」と告げ口されたら、「自分勝手で、革命戦士としての自覚が足りない」などと、中央委員たちに責め立てられかねない。

しかし、雪の積もった路肩を転ばないように注意深く歩く村人を時折見かけると、啓子は不思議な気持ちになった。山岳ベースで起きていることは、果たして現実なのだろうかと。

「西田さん、寒いでしょう？　すみません」

近藤がいきなり謝ったので、ガチガチ歯を鳴らしていた啓子は振り向いた。

「いいけど。何で窓を開けてるの？」

「だって」

近藤はそこまで言って顔を顰めた。髭が伸びて細い顎を覆っている。目尻の下がった童顔に、髭は似合わなかった。

「だって何？」

「臭くないですか、この車？」

近藤は思い切ったように声を潜めて言った。死臭のことだと、気が付いた。

啓子が埋葬班となって遺体を運ばされたのは、仮埋葬地までだった。その遺体を掘り返して、この間、本埋葬地まで運ぶのに、男たちはこの車を使ったはずだ。反射的にくんくんと鼻を鳴らすと、近藤は啓子の様子を見ながら不安そうに聞いた。

「臭うでしょう？」

そう言われると確かに、車の中に死臭がこびり付いているような気がする。

「そうね、開けておいた方がいいわね」

啓子の言葉に、近藤が頷いた。

「そうなんですよ。だから、俺、車で買い物に行けって言われた時に、ちょっと躊躇しちゃって」

「わかる」と、啓子は控えめに同意した。

「俺たちが車を側溝に落として壊したり、銭湯にでも寄ってしばらく帰らなかったりしたら、総括対象になるんですよね」

近藤は緊張したように言って、前方を見つめた。近藤が言った理由で総括された者たちがいるからだった。啓子と同じく失敗がないよう、そして啓子が何か訴えないか、怯えているのだろう。

「西田さん、何があっても、お互いに告げ口はやめましょうよ」

近藤の言葉に、啓子は苦笑した。

「告げ口なんて、小学生みたいな言い方ね」

「だって、やってらんないでしょ。あれが革命かよって誰もが思ってるんじゃないすか」近藤はさも嫌そうに吐き捨てた後、拝むように囁いた。「西田さん、このこと、誰にも言わないでくださいよ」

「わかってる。あたしも同じこと思ってるもん」

「ああ、よかった」

近藤が嬉しそうに啓子の顔を見た時、一瞬でも、これは罠かもしれない、と思う自分に嫌気がさす。疑心暗鬼になること自体が、すでに狂っているのかもしれない。

突然、襟首に冷たいものが触れて、啓子はぞくりとした。

「おまえら、逃げることばっか考えてるんだろう」

永田が冷たい指先を啓子の首筋に当てているのだった。啓子は驚愕して、後部座席を振り返った。

灰色になったタートルネックセーターを着た永田が、三白眼で睨んでいる。いったいいつからいたのだろう。何を聞かれたのだろう。寒さではなく、恐怖のあまり震えが止まらなかった。

啓子ははっと目を覚ました。京浜急行が終点の品川駅に着いて、乗客がざわざわと降りる支度をしているところだった。嫌な夢を見たものだ。

慌てて立ち上がろうとしたら、床に置いたレジ袋に蹴躓《けつまず》いた。中には、藤川が持たせてくれたジャガイモやキャベツなど、春の野菜がたっぷり入っている。

野菜の入ったレジ袋を提げて、山手線に乗り換える。すでに五時を回っているため、通勤客で車内は混んでいた。吊革に摑まるどころか、吊革まで近寄ることもできない。

啓子は重いレジ袋を持ったまま、右に左に揺られながら、目を閉じてさっきの続きを思い出していた。悪夢で終わっていたが、あの時の買い物ドライブには続きがある。


近藤と啓子は沼田市に入ると、最初に小さなタバコ屋に寄って森や永田らに頼まれたタバコを買った。それから、酒屋が食品も扱っているような大きめの店に行き、目当ての食料品を買った。

たいがい、近藤が道に車を停めて待ち、啓子が一人で買い物をするようにした。二人揃って行動すると、目立つと思ってのことだ。

だが、啓子の心の中には、いっそ職務質問を受けて、捕まったらどうなるだろう、という捨て鉢な気分がなくもなかった。革命闘争を貫徹すると言っても、仲間殺しとしか思えない総括が続いて、ほとほと嫌になっている。

ことに、小嶋和子、遠山美枝子、大槻節子、金子みちよ、と続いた女性兵士への総括は陰惨で、自分がその立場になったらと想像すると、怖ろしくて堪らない。

金子みちよも衰弱しているから、早晩、亡くなるだろう。その状況を想像すると嫌でならず、ベースには戻りたくなかった。

それなのに、髪はぼさぼさ、薄汚れたアノラックに地味なズボンという格好の啓子は、登山者に間違われたらしく、不審な眼差しを受けたことなど、一度たりともないのだった。それをどこか残念にさえ思う自分に、新たな変化の予感があった。

しかし、今日はベースに戻るしかないだろう、と覚悟する。スキムミルクや砂糖がないと、山本夫妻の赤ん坊はまだ三カ月なのだから、死んでしまう。

「買って来た」

素早く車に戻ると、近藤はうまそうに目を閉じてタバコを吸っていた。さっき買ったエコーの封を切っている。自分の小遣いで買ったらしい。

交番の前を通った時、大きな手配写真が貼られているのに気が付いた。森恒夫、永田洋子、坂口弘が指名手配されている。

啓子は、自分たちが知らないだけで、いつの間にか山岳ベースが警察に包囲されているのかもしれないと思ったが、どこか他人事みたいで、まったく現実感がなかった。

「西田さん、吸いませんか？　少し臭いが消える感じがしますよ」

近藤にエコーの箱を差し出されたが、「ありがとう、でも、吸わないから」と微かに首を横に振った。

妊娠しているのでタバコをやめたのだ、とは言わなかった。その事実を知っているのは、永田と革命左派の女性兵士だけだ。

不意に、アイスクリームが食べたくなった。

「近藤さん、お金持ってる？」

信号待ちの時、啓子は近藤に聞いた。

「いくらですか。少しならありますよ」

近藤はポケットの中で小銭をじゃらじゃらいわせた。

「悪いけど、百円貸して。あたし、自分の財布を持って来なかったの」

「いいですよ。何買うんですか」

「アイスクリーム食べたいの」

この寒さの中、冷たく甘いものが食べたいのは、妊娠しているせいだろう。普段は諦めているのに、里に下りて来たら急に、体が欲し始めた。

「あそこで売ってるんじゃないかな」

近藤が、県道沿いにある駄菓子屋を指差す。ガラス戸越しに、森永の白いアイスクリームケースが見えた。

「俺も食いたい。俺のも買って来てくれますか」

近藤が小銭を数枚、掌に落としてくれた。

啓子は、カップに入ったバニラアイスクリームをふたつ買った。店番の老婆が白く薄い紙袋に入れて、丁寧に端を畳んでくれる。

車に飛び乗ると、近藤が県道から外れた道に入って停車した。周囲は雑木林である。

「外で食べようよ」

啓子が誘うと、近藤も頷いて外に出た。二人で雪の積もった林の中に分け入り、もどかしくアイスクリームの蓋を取った。中身を掬おうとするが、アイスは寒さで固く凍っている。啓子は木の匙で、虚しく表面を削った。早く口に入れたくて焦れったい。

「ここ見られたら、俺たち総括かけられますね」

近藤が笑えない冗談を言い、啓子は恐怖に駆られて周囲を見回したが、冬の山はしんとして人影などない。

「大丈夫ですよ。アジトまで十キロ以上あるし、車はこれしかないんだから」

近藤が大胆に笑った。啓子は頷きながら、アイスクリームの表面を直接舐めた。舌の温度で次第に溶けていく。甘みが口中に広がって叫びだしたいほど旨かった。あまりにも安易に幸福感が得られたため、その安易さに呆れながら、夢中で食べた。

「機会の私物化って言われるかもね」

近藤と目を合わせて言う。

「機会の私物化か。うまいこと言いますね。組織の買い物中だからですか？」

「そう」

「西田さんて、面白いですよね。真面目な顔して変なこと言う。他の女の人なんか、俺、怖くて近寄れないもん」

近藤はあっという間にアイスクリームを食べてしまい、名残惜しそうに匙を舐めた。頬がこけた顔に生気が戻ってきていた。

近藤はアイスのカップと匙を雑木林の雪の上に投げ捨てた。踏み付けて、上に雪を被せる。やがて、憂鬱そうに車を振り返った。

「俺、兵隊が合ってると思うけど、今、上が滅茶苦茶じゃないすか。ちゃんとした命令出してほしいすよね。俺、いつまで耐えられるかな」

不安そうに呟いた。啓子が答えずにいると、近藤がいきなり啓子を抱き寄せて、唇を押し付けてきた。啓子は抗わず、されるがままになっていた。

近藤の強い体臭がして、風呂に入っていない自分も同じように臭うのだろうと思ったが、その臭いが厭うべきものなのか、愛しいのか、わからなかった。

ここまで永田と森を裏切ったのだから、総括にかけられるのは必至だと思った。が、それはそれで仕方がないような気がして、いっそ縛られて殴られて雪の上に放置されて苦しんで死んだ方がいいのかもしれない、とも思う。混乱していた。

近藤のコンバットジャケットの硬い生地に頬を擦られ、唇を強い力で吸われながら、啓子はぼんやりと空を見上げた。冬の青空が美しかった。

近藤は啓子の唇を貪り、アノラックの下から手を入れて、乳房を掴もうとした。しかし、着膨れているから、ただ上から揉むだけだ。はあはあと近藤の荒い息遣いを聞いているうちに、啓子は我に返った。

「駄目だよ、近藤君。二人とも総括だよ」

「別にいいよ」

近藤が押し倒そうとするのを、夢中で抗った。

「駄目だってば。やめてよ」

妊娠しているのだから、セックスはしたくないと我に返る。それに、このまま突き進んだら、何かが決定的に変わってしまいそうで、その変化が顔に出るのが怖かった。まだ度胸は備わっていない。

「駄目だよ、帰らなくちゃ」

「どこに」と、近藤が笑った。「どこに帰るんすか。もう、二人で逃げちゃおうよ」

「じゃ、あんただけ逃げなさいよ。あたしはこの物資持って帰らなきゃならないから」

「だって西田さん、運転できないでしょう」

「歩いて帰る」

近藤が先に行く啓子に追い付いて、強く啓子の肩を掴んでから、運転席のドアを開けた。

それは、啓子が逃亡する四日前のことだった。啓子が逃げる前日、近藤は山本の赤ん坊を抱いた金村と一緒に、山を下りた。

藤川と会ったせいで、迦葉ベースでの出来事を次々と思い出している。

アパートの自分の部屋に戻って来ると、ダイレクトメールに混じって、ピンクの封筒がひとつ入っていた。

裏を返すと、佳絵からだ。中身はカードのようだから、簡単に親戚だけで、と言っていた結婚式の招待状だろう。

部屋の鍵を開けて、まず野菜の入ったレジ袋を置いた。ゴトッとジャガイモが床に当たる音がした。重い荷物を下ろして、ほっと嘆息する。長い一日だった。

風呂を沸かしてから、まず発泡酒の缶を開けた。途端に空腹を感じたので、藤川に貰ったキュウリを洗って、味噌を付けて食べてみた。新鮮で旨かった。

生で食べると意外といい、と言われたズッキーニも、同じようにして食べてみた。ねっとりしていて、こちらの方が好みだった。

ひと息入れてから、佳絵からの封筒を手にした。中身を開けると、意外にも断りの手紙だった。

拝啓

啓子おばさん、お元気ですか？

先日は失礼しました。

結婚式のことですが、幸也さんや母と相談した結果、互いの親たちの出席だけで簡素にやることにしました。

その代わり、披露パーティは会費制にして、友人たちと楽しく過ごすつもりです。

お声をかけておいて申し訳ありませんが、このような次第で、無理にご出席頂くことはなくなりました。

私たちはまだ若く、経験も浅いですが、今後ともご指導ご鞭撻《べんたつ》のほどを、よろしくお願い致します。

佳絵

最後の一行は、いかにも手紙の書き方の例文を引き写したようで、思わず笑ってしまったが、肩の荷が下りた反面、佳絵に拒絶されたようで寂しくもあった。

しかし、藤川と会ってから、また新たに蘇った過去の記憶が、自分の背後に禍々しいものを引き連れているのは間違いなかった。地獄を想像できない者には、この圧倒的な暗さが何となしに怖いのだろう、と想像できた。

これまでは、和子や佳絵に助けられて生きてきたが、ここで断絶しても仕方がないのだ、と啓子は思う。出所後、事件のことをひたすら隠蔽してきたけれども、この先は一人、その記憶とともに生きるしかないのだろう。

しかも、その記憶が今、自分を覆い始めている。おぞましく怖ろしいが、まるで青春の懐かしい思い出のように現れることもあるのが不思議だった。

啓子は、もう一度、近藤の夢が見られないかと、ソファに横になって目を閉じた。

電話の音で目が覚めた。ほんの三十分くらい、うとうとしていたようだ。

「はい、西田です」

「夜分にすみません、古市ですが。今、よろしいでしょうか」

連絡したいと思っていたところだったから、電話を貰ったのは有り難かったが、これまでは、モニターで電話番号を確認しないと出なかったのに、不用心になったものだと苦笑いをする。

まるで底が抜けたみたいに、すべてを許容しようとしていた。もちろん、自分自身のことも。

「大丈夫ですよ」

「今日、藤川さんに会われたんですよね。どうでしたか？」

古市は朗らかに尋ねた。啓子は明るく答える。

「ええ、おかげさまで、無事に再会できました」

「どんな話をされたんですか？」

「いろんな話。自分でも忘れていることとかを思い出せて、有益でした」

有益という言葉に、自分でも呆れた。何が有益で、何が無益なのか。思わず苦笑する。

「それはよかったです。どうですか、藤川さん、少し貫禄付きましたよね？」

「ええ、太ってたんでびっくりした。あれじゃ、道で会ってもわからないと思ったわ。あっちは、あたしのこと、全然変わらないと言ってたけど。こんなお婆ちゃんになっちゃって、あっちも驚いたんじゃないかしら」

古市が声をあげて笑った。会ったこともない男なのに、藤川との再会について話す相手は、古市しかいないのだった。それは藤川だとて同じなのだ。

「西田さん、藤川さんとどんな話をされたんですか？」

電話の向こうでメモでも取っているのかな、と思ったが、そんな様子もない。古市はのんびりと訊ねた。

「やはり、逃げる直前の頃の話かな。もう迦葉ベースで、ぼろぼろになってきた時よ。いろんなことを思い出して、帰りも夢を見たほど」

「へえ、どんな夢を見たんですか？」

啓子はそれには答えず、古市に訊ねた。

「あなたに聞きたいんだけど、古市さん。他の人の消息を聞いてもいいかしら？　もちろん指導部じゃなくて、被指導部の人たちよ」

「もちろん。知っている範囲でお答えします」

古市はパソコンでも開いているのか、一瞬、キーボードの音が聞こえたような気がした。

その啓子の疑念を感じたらしく、古市が弁明した。

「あ、今、取材メモのファイルを開いていますので、ちょっと待ってください。西田さんのお話を録音したりはしていませんので、ご安心ください」

カチャカチャと音がする間、啓子は黙して待っていた。いつの間にか、千代治を介して古市が接着剤のように、啓子の記憶を埋めるのを手伝おうとしている。

「はい、今、資料を見ていますから、お答えできると思います。どなたからいきますか？」

一瞬、躊躇った後、啓子は思い切って訊ねた。

「近藤良夫はどうしてますか？」

「京浜安保共闘の近藤ですね。ええと、彼は、亡くなっています」

近藤の体臭が蘇って、息を呑んだ。近藤はこの世からいなくなっていた。

「知りませんでした。いつ頃亡くなったんですか？」

「彼は十二年の刑期を終えて出所してから、その五年後に自殺しています」

「何があったのかしら」

「さあ、鬱病だったようですね」

唇を合わせた時、口許に当たる、若い男の柔らかな口髭の感触を思い出した。十二年の刑期と言えば、短くはない。獄中にあって、記憶を辿るだけの時間はあり過ぎる。さぞ苦しかっただろう。近藤が何を思ったのかは、想像に難《かた》くなかった。

「西田さんは、近藤良夫と仲がよかったのでしょうか？」

古市が遠慮がちに聞いた。

「仲がいいわけじゃなかったけど、彼は運転ができるので、一緒に沼田に買い物に行かされたことがあるの。スキムミルクとか砂糖とか買いにね。スキムミルクはお湯で溶いて皆で飲んだ。金子さんも、栄養付けるために飲みたがっていたわね。砂糖は必需品で、料理の最中にこっそり舐めたりもしたっけ。そしたら、そのお使いの帰りに、急にアイスクリームが食べたくなってね。近藤君のお金で森永のカップアイス買ったの。沼田の帰りに、いわゆる駄菓子屋さんがあって、そこにアイスクリームを売ってたのね。アイスくださいって言うと、ケースの底の方からカチカチに凍ったアイスクリームをふたつ出してくれて、この寒いのにって驚いてた。内緒で二人で食べたのよ。あれは美味しかった。あたし、妊娠してたから、冷たくて甘い物が食べたくて仕方がなかったのよ。砂糖もしょっちゅう目を盗んでは舐めていた。ばれなくてよかった。ばれてたら、買い物になんか行かせて貰えない」

涙が出ない代わりに、記憶の断片を語る言葉が次々と出てくる。しかも、妊娠のことまで喋っていた。古市は、啓子のお喋りに驚いているのか、口を挟もうとはしなかった。

「他にどなたか知りたい人はいますか？」

「山本さんとお子さんは？」

「それはわかりません。どちらかで生きていらっしゃると思いますが、僕も追えませんでした」

「看護婦だった梶井さんはどうですか？」

「梶井さんは、カンボジアにいらっしゃるようです。お元気だと思います。看護師の仕事をされていて、もう退職されていると思いますよ」

真面目一方の梶井とはあまり親しくなかったが、会えるものなら会ってみたかった。が、海外では無理だ。

「じゃ、お会いするのは難しいですね。金村さんはどうですか？」

「金村さんはお元気ですよ。お名前も変わって、今は東京にお住まいです」

「何をしてらっしゃるの」

「介護施設にお勤めだと聞いています。実は、僕も会ったことはなくて、他人から聞いた情報なのですが、独身でまだお勤めだと聞いてます」

啓子が金村と話したことは、そう多くはない。まだ二十歳の看護学校の生徒だったこともあって、誰もが気を遣っていたように思う。しかし、小太りで、妙に目の据わった顔付きをしていて、啓子はその顔も表情も苦手だった。

「僕から、西田さんが会いたがっている、と言ってみましょうか？」

「どうしようかな。あまり気が進まないけど、会ってみようかしら」

「あの、ちょっとお聞きしていいですか？」

迷っている啓子に、古市が遠慮がちに口を挟んだ。

「いいですよ。何ですか」

「西田さんはどうして他の方たちと会おうと決心されたんでしょうか？　僕が取材したいと言ったら、誰にも会いたくない、と拒絶されましたよね。どういう心境の変化があったのかなと、ちょっと不思議なんですが」

啓子は、すぐに言葉が見付からず、言い淀んだ。

「わかりません。自分でもよくわからないんです」

追及されるかなと思ったが、古市はあっさりと引き下がった。

「そうですよね。そんな簡単にわかることじゃないですものね。時間が経ってから、あれはそういうことだったのか、と思うこと、ありますものね」

自分の場合は四十年も経っている、と啓子は思ったが、黙っていた。

第五章　記憶

古市から何の連絡もないまま日が過ぎて、連休が終わった。日一日と陽光が強くなり、新緑が燃えるようだ。日中の半袖姿が増えるとともに、東京の人々は明るさを取り戻し、以前と同じ日常に戻りたがっているように見えた。被災地も原発事故も心配だけれど、経済活動も大事だし、こっちの生活もあるし、と。

だが、被災地の片付けはほとんど手つかずで、相変わらず行方不明者の捜索が続いていると聞いた。被災地と東京とは、大変な隔たりがある。

藤川こと君塚佐紀子は、故郷の亘理町で母親も弟も亡くなった、と言っていた。遺体捜しにも、慰霊にも出られない藤川の代わりに、啓子は亘理町の犠牲者名簿があると、目を凝らして君塚姓を探したりもした。妹の和子から電話があったのは、そんな時だった。

スーパーのフードコートで、遅い昼飯を摂っている啓子の携帯が鳴った。発信者が和子と知って、タンメンを食べていた啓子は箸を置き、不承不承、電話に出たのだった。

「啓ちゃん、久しぶり。結婚式の写真を見せたいから、そっちに行ってもいい？」

和子の声音は低く、ぶっきらぼうだった。しかし、和子は照れ臭い時に、わざと不機嫌を装うところがある。

佳絵が結婚して家を出て行ったので、人恋しくなったのかもしれない。現金なものだ、と啓子は呆れた。

「別にいいけど。今、外にいるのよ。二時過ぎだったらいいよ」

負けずに無愛想に返したが、和子は気に留めていない様子だ。そういえば、今日は火曜日だと思い出す。美容室の休みの日だ。

「相変わらず、ジムに行ってるの？」

「今日は休んだ。疲れたの」

和子は明るい声で笑った。

「そうよね。月から木はジムでしょ。金土日は図書館通い。啓ちゃんは、本当にお金がかからないようにできてるわね」

それには答えなかった。

「お昼は食べてくるんでしょう？」と、一応確かめる。

「うん。ケーキでも買って行くね」

せっかちな和子は、話が決まれば時間は無駄とばかりに、電話をすぐ切ってしまう。「ケーキなんて要らないよ」と、言おうとした啓子の言葉は発せられないまま、虚しく口中に残った。

啓子は、結婚式のキャンセル料を請求しに来た時の、和子の激怒ぶりと冷酷さを思い出すと、今でも嫌な気分になるのだった。

自分の過去に対する、妹と姪の対応に、結構傷付いている。それも、数十年も忘れていた古傷の痛みとまったく同じだったから、相手の変わらなさに、わだかまりを感じるのだった。

思い切って藤川に会って以来、蓋をして覆っていたものが一気に露わになり、啓子の心を掻き乱していた。

だったら、いっそ粘土のように捏《こ》ねて、練り直したいような気持ちになっている。だから、和子と佳絵の、啓子の痛みを逆撫でした上で、さらに覆い隠そうとする姿勢が欺《ぎ》瞞《まん》的に感じられてならないのだった。

スーパーの混み合った駐輪場に、無理矢理入れたのがたたり、自転車を引き出すのにえらい苦労をした。管理人が嫌いでも、これからは区の駐輪場の方に入れようと思う。

しかし、自転車で走りだすと、花の香りがふわりと漂う暖かな空気が気持ちよかった。

前を走るトラックの後ろに、「がんばろう東北」というステッカーが貼ってあった。

ふと、福島にボランティアに行った久間は、今頃どうしているのだろう、と思った。不自由な足を引きずって、被災地を歩き回っているのだろうか。

しかし、しばらくぶりに会った久間と自分が、何も共有してこなかったことには、驚きを感じるほどだった。

山に行った者と、行かなかった者。両者の溝を埋めることは、絶対にできないのだ。片や獄中、片や娑婆で、取り交わした怒りの手紙の原因も、埋められない溝に対する苛立ちにあったのではないか。

啓子は途中、お茶の販売店に立ち寄って新茶を買った。すぐに帰らず、ぐずぐずしていたかった。まるで何もなかったかのように訪れて来る妹に、腹立たしさがある。結局、家に着いたのは二時を回っていた。

「啓ちゃん、遅かったね」

アパートの鉄階段に腰掛けて、和子が待っていた。ほぼ一カ月会わないうちに、少し顔が丸くなっている。結婚式が終わったので、ほっとしたのだろうか。

ジーンズに灰色のTシャツ、黒いパーカ。上から下まで、ユニクロで揃えたのは、一目瞭然だった。黒いショルダーバッグを斜め掛けにして、傍らにケーキの箱が入っているらしい、小さな紙袋がある。

「待たせてごめん」

啓子は謝りながら、自転車を停めた。

「ねえ、今時、こんな鉄階段があるアパートも珍しいんじゃない？」

和子が住人を気にして声を潜める。

「そうかしら」

「昭和の匂いがする」

和子は上機嫌だった。啓子の真後ろから、とんとんと階段を上りながら、そんなことを言う。

「急にどうしたの」

鍵を開けながら、振り向いて聞いた。

「いや、啓ちゃんが結婚式に出られなかったから、申し訳ないと思ってるのよ、あの子も。だから、せめて写真を見て貰おうと思って」

「そんなこと、気にしなくていいのに」

部屋は五月の陽が入って、明るかった。啓子は、真っ先に台所の壁を見遣った。冬に小さな蜘蛛を見つけて以来、癖になっている。

だが、白い壁には、曇りも虫の影もない。少し寂しく思いながら、ヤカンを火にかける。

「日が長くなったわねえ」

和子が窓の外を眺めて呟いた。

「五月も半ばだからね」

和子が紙袋から、小さなケーキの箱を取り出した。その箱をちらりと見て、和子に訊ねた。

「新茶を買って来たから、これ飲んでみない？　それとも、紅茶かコーヒーの方がいい？」

「見て、結婚式の写真」

和子は問いかけにも答えず、待ち切れない様子で、食卓の上に、写真屋でくれるような簡易フォトアルバムを数冊置いた。

「ちょっと待って」

啓子は老眼鏡を掛けてから、アルバムを手にした。

白いウエディングドレス姿の佳絵が、神妙な面持ちで、幸也に指輪を塡《は》めて貰っている写真から始まった。お腹はさほど目立たないけれど、ぺたんことというわけではない。

「綺麗ね、佳絵ちゃん」

当たり障りのない感想を述べる。啓子も、内心では姪の結婚が無事に終わったことに胸を撫でおろしている。しかも、幸也の両親や、被災したという親戚に会わずに済んで、本当によかったと思う。

佳絵との結婚に臆しているかのように見えた幸也も、写真では、緊張感を漂わせて式に臨んでいた。

「あっちのお母様、どうだったの？」

「願いが叶って嬉しそうだったわよ」

黒留袖を着て厚化粧をした幸也の母親が、満面の笑みで写っていた。

「黒留袖が着られて、親戚が呼べたんですものね」

ざっと眺めた後、啓子は湯気を上げているヤカンの火を止めて、茶を淹れた。間髪を入れずに、和子が言う。

「チーズケーキと合わないんじゃない」

今頃何を言っているのか。啓子は憮然とした。

「さっき聞いたのに、何も答えないから淹れちゃったよ。何を持って来てくれたのかも知らないし。あなた、自分で好きなお茶、淹れなさいよ」

「はいはい、これで結構です。頂きます」

和子が茶碗を引き寄せた。明らかに機嫌を損ねた気配があったが、啓子は気が付かないふりをした。

「啓ちゃん、結婚式に招待しなかったので、怒ってるんじゃない？　佳絵が気にしててね。早く啓子おばちゃんに写真見せてあげてって、頼まれたのよ」

「全然そんなことないから、気にしないでよ」

啓子は手を振る。

「だってさ、何か怒ってるでしょう」

「だったら、言っちゃうけどさ」と、啓子は和子の目を見た。「あなた、この間ここに来てあたしに何を言ったか、覚えてる？　サイパンに行けないって話になったら、すごく怒って割り箸をぼきっとふたつに折ったんだよ。あたし、すごく不快だったんだから」

「ごめんなさい」

和子が低い声で謝った。

「キャンセル料を払うのも、あたしのせいだから仕方ないとは思うけど、あなた、その時、あたしにこう言ったよね。サイパンで捕まったのなら、それはそれで、刑期を務め上げればいいって言ったのよ。姉妹なのに、すごく冷たいと思ってショックだった」

和子は俯いている。美容師なのに、髪に白いものが増えている。

「だって、自分のやったことでしょう？　啓ちゃん、結果を覚悟してやったんでしょう？　だったら、しょうがないじゃない」

和子が顔を上げて反論した。啓子はむっとした。

「でも、もう刑期は終えたんだから、何もむざむざ捕まりに行くことない、とは思わないの？」

「捕まるかどうかなんて、行ってみなきゃわからないじゃない。だいたいが大袈裟なのよ」

和子は、またその話か、という顔をした。

「わかってからじゃ遅いでしょう。アメリカに捕まるんだよ。アメリカでまた刑務所行くんだよ。どうして、そんな残酷なことが言えるのかわからない」

ひと月前と同様、二人でまた怒鳴り合った。いつまで経ってもわかり合えない堂々巡りに疲れて、啓子は口を噤んだ。

「もういいわ」

藤川が、親や兄弟と縁を切ったのもわかる気がした。誰も自分を知らない街で、知らない人と暮らすべきだったのかもしれない。

「啓ちゃん、割り箸を折ったりしたのは、悪かったと思ってるわ。あたしも激しいところがあるのよ」

「知ってる。佳絵ちゃんが小さい時、よく腹いせにぶってたね。あんたは自分を抑えられないのよ」

余計なことを言ったと思った瞬間、案の定、和子がいきり立った。

「あたしが自分の子をどう育てようと関係ないでしょう。啓ちゃんは、いつもそうやってあたしを批判的に見てるんだよ。それが不快だっていうのよ」

「批判的なのはそっちでしょ。優しさがないんだよ、あんたは」

和子の顔が青白くなった。心から怒っている証拠だった。

「優しさがないのは、啓ちゃんも一緒よ。いつも自分が頭がよくて、正しいことを言ってると思い込んでいる。ほんとに疲れるよ」

よほど感情を抑えているのか、声の調子が低く、喋り方もゆっくりしていた。

「疲れるのなら、もう来なくていいよ。あたしが前科者の独り暮らしで、寂しそうだから来てやってると思ってるのなら、二度と来なくていいから」

和子がはっとしたように口を噤んだ後、ぶつぶつと呟いた。

「前科者だなんて、思ったことない」

「そう、ならいいけど。いつも、あんたに見下されている気がする。確かに、あたしは自分のやってきたことは、どこかで道を間違えたんだなと思っているよ。でも、出発点は、きっと間違ってはいなかったんだよ。そういう忸怩《じくじ》たる思いとかは、誰にもわからないでしょうけどね。妹だって他人よね。とりわけ、和ちゃんは冷たい人よ。自分に火の粉が降りかからないようにすることしか、考えていないんでしょう。あたしがいると、永遠に火の粉がかかるから、もう絶縁した方がいいんじゃない？」

言いたいことを喋ったらすっきりしたが、勿論それは一瞬で、いくら妹相手でも、言葉にしてはいけないことばかりだった。

「啓ちゃん、そう思ってたんだ」

和子がそう言ったきり、言葉の接《つ》ぎ穂《ほ》をなくしたように黙ってしまったので、啓子はさらに続けた。

「あたしも姉妹喧嘩なんてしたくないけど、堪忍袋の緒が切れたんだよね。もう、あんたと話したくない。いつまでも、啓ちゃんの犠牲になってきた、と言われるのも辛いよ。もう、来ないでくれる？　佳絵ちゃんの子供と楽しく暮らしなさいよ」

「そこまで言いますかね、そこまで」

和子が苦笑しながら、ゆっくり立ち上がった。疲れた老婆のような顔をしている。

「うん。あたしは一人で生きて、一人で死ぬからいいよ。今後一切、互いに連絡するのやめようよ」

和子が頷いた。

「わかった。じゃ、帰るね」

「うん、さよなら。元気でね。佳絵ちゃんによろしく」

和子が黙って狭い玄関に蹲り、見慣れたスニーカーを履いている。紐を結んでいる背中を見て、ぐっとこみ上げるものがあった。

「待って、和子」

和子が振り向く。青白い顔が目に入った途端、肩を摑んで泣きそうになった。

「ごめん、あたしが言い過ぎた」

和子が狭い玄関で立ち上がり、啓子の腕をそっと肩から外した。

「いいよ、啓ちゃんが言うことは、当たっているところもある。啓ちゃんがもう会いたくないのなら、会わなくてもいいよ。確かに、あたしは啓ちゃんと縁を切りたい、と思ったことは何度もあるもの。姉妹だから助けたい、と思う気持ちもあるんだけど、あのことを考えると、まだ許せない気持ちがあるの。啓ちゃんはこうやって傍観していたのだろうかとか、啓ちゃんはこうやって皆と一緒に頷いたのかなとか、啓ちゃんがあのことを喋らないのは、よほど隠したいことがあるんだろうとか。いろんなことを考えて考えて、啓ちゃんが怖い、と思ったこともある。正直に言うけど、二十代、三十代の頃は、本当に啓ちゃんが許せなかったのよ。だから、ダンナが怒っているとか、親戚が縁を切ったとか、そういうことはあたしにとっては、全部言い訳でしかなかった。あたし自身が、啓ちゃんを心の底では許してなかったのよ。まだ怖がっているんだよ。啓ちゃんの中に、そういう部分があったということが。怖ろしいのよ」

「そういう部分て何？」

「わかるでしょ？」

和子は明言しないので、啓子は懇願した。

「言葉で説明してくれないかな」

「うまく言えないけど、理解できない部分てことかしら。あさま山荘事件の時、寺岡《てらおか》さんのお父さんが説得に来たよね。もう亡くなっていたのに、あさま山荘に息子もいると思ったのね。でも、その後、寺岡さんのお父さんは、息子がとっくに死刑にされて死んでいたことを知るわけ。それで、『息子があさま山荘にいなくてよかった』と仰ったのよ。自分の息子が犠牲者でよかった、と言ったのよ。家族は子供が死んでも勿論悲しいけど、その子が誰かを殺したら、もっと悲しいんだと思う。だから、それも親の気持ちなのよ。坂東のお父さんは、責任を感じて自殺したよね」

「ちょっと待って。あたし、誰も殺してないよ。そんな目で見ないで」

和子に凝視されているわけではないのに、佳絵の眼差しが蘇った啓子は、思わず叫んでいた。

「そんなこと言ってないよ」

「じゃ、何」

「自分の手を汚したということじゃないよ。啓ちゃんは、仲間の死体運んだり、リンチ見たりしてたんでしょう？」

和子は、啓子の目を見ずに早口で言った。ああ、妹が自分を正視するのを怖れている。

啓子は衝撃を受けながら、首を振った。

「確かにそうだけど、和ちゃんが思っているようなこととは違う。それは、言葉で説明できないものなの」

「さっきはあたしに言葉で説明してって言った癖に？」

揚げ足を取られて、啓子は絶句した。和子が手を振って取りなす。

「いいよ、そこは言い過ぎたわ。説明できないのはわかってるから。だからこそ、あたしたちは震撼するんだよ。そんなに凄いことなのかって」

和子は、啓子の背後のキッチンの壁を見つめている。啓子は思わず、そこに蜘蛛がいるんじゃないかと振り返りながら、こう言った。

「坂口弘のお母さんは、死刑囚になった息子を支え続けていたわ」

「そういう親もいる。でも、うちの親はそうじゃなかった。啓ちゃんは知らないかもしれないけど、啓ちゃんが収監されている間、お父さんは世間と闘って疲れて、そのうち責任を取るようにして死んだ。啓ちゃんは肝硬変で死んだと聞かされているだろうけど、本当は自殺同然だったのよ。お酒を飲んだら死ぬ、と言われていたのに、ボトルウィスキーを半分飲んで死んだ」

啓子は驚愕して和子の顔を見た。六十代半ばにして知る真実だった。

「冗談じゃ済まないよ、和子」

「冗談じゃないよ」

「何で言わないの？」

「言ってどうなるの？　啓ちゃんは自己正当化に勤《いそ》しんでいたじゃない」

ただ手を拱《こまね》いて大勢の死を見てきた自分を、和子は本当は許していなかった。その事実を見ようともせずに、和子と佳絵に甘えてきたのかもしれない。本来は、訣別されても仕方のないことだったのだ。

「お父さんのことも、あなたの気持ちも、初めて聞いた。あたしが甘えていたんだと思う。ごめんね」

啓子が謝ると、和子は困惑したように口角を下げて首を傾げた。亡くなる前の母親にそっくりだった。

「謝って貰いたくて言ったんじゃないのよ。お父さんのことは、啓ちゃんには黙っていなさい、とお母さんに言われていたから言えなかった。今思えば、啓ちゃんに言えばよかったわね。子供じゃないんだからさ。でも、あたしもお母さんもどうしたらいいか、わからなかったのよ」

和子は、寒そうに両腕で自分を掻き抱くような仕種をした。

「和ちゃん、許して」

啓子が思い切って言うと、和子は首を振った。

「ごめん、許していないというのは、正確じゃないかもしれない。許すも許さないもなくて、あたしは啓ちゃんがわからないんだと思う。啓ちゃんって、いったいどんな人だろう、と首を傾げながら一緒に生きてきた気がするの。だから、これを機会に、少し離れて考えてもいいかもしれないと思った。佳絵もこれから悩むこともあると思うし」

今まで和子に甘えてきたから、真の孤独を知らずにきたのかもしれない。啓子は急に怖ろしくなった。

「和ちゃん、せっかく来てくれたのに悪かったわ」

和子が顔を上げて、啓子を見た。

「啓ちゃんも大変だね。一人で全部背負っている。今日みたいに、もっと吐き出した方がよかったのにね。じゃ、あたしは帰るね」

和子が帰った後も、まだ陽は傾いていなかった。昼間は日が長くなったのが嬉しかったのに、今は早く夜になれ、と願った。

その夜、啓子が酔ってソファで寝ていると、電話が鳴った。きっかり九時に鳴る電話は、千代治か古市と決まっている。案の定、モニターに浮かんだ番号は、古市の携帯電話のものだった。

「もしもし、西田です」

ろれつが回らなかった。

「古市です。こんばんは。今、大丈夫でしょうか？」

古市は心配そうに聞いた。啓子は焼酎のお湯割りを飲みながら、テレビを見ていたのだが、酔ってうたた寝していた。

「大丈夫です。でも、ちょっと酔っていますので、口が回るかどうか」

古市が嬉しそうに笑った。

「へえ、そうですか。珍しいですね。西田さんは、いつも何をお飲みになるんですか？」

「今日は焼酎のお湯割りね。麦焼酎が好きなの」

啓子はコップを再び手に取りながら答える。お湯はすでに冷たくなっている。中に入れた梅干しがお湯でふやけていた。

「いつもは発泡酒で我慢してます。もっと飲みたいんだけどね、一人で飲んでいるとキリがないし、アル中にでもなると怖いから」

「そうですね」

「古市さんは、お酒を飲むんでしょう？　何ですか、ワインとか？」

「ワインも飲みますけど」

「やっぱ、そう？　あたしはワインとか全然駄目なのよ。蒸留酒系なのね。みんな、古い人はそうよ。醸造酒飲むと頭が痛くなるって言う」

「そうですかね」

古市が気のない相槌を打った。今日は何となく歯切れが悪い気がして、嫌な予感がする。

「どうかしましたか？」

「いえ、たいしたことはないのですが」そう言ったきり、古市は言葉を探している風だ。

「金村さんがやっとつかまったのですが、ちょっと問題があって」

「問題？　どういうことですか」

啓子は焼酎のコップを脇に置いた。

「早い話が、西田さんにはお目にかかりたくない、と仰るんです」

「わかるような気がします。あたしも、当時の人間とはあまり会いたくないですもの」

「でも、藤川さんとお会いになったじゃないですか」

「彼女は特別よ」

「そうですね」

古市がまたしても、苦しげな相槌を打った。

「だから、会えなくても仕方がないわね」

古市が意を決したように言った。

「ところで、西田さんは『永田さんを偲んで送る会』に出席されませんでしたね？」

「ええ、もう過ぎましたよね？」

啓子は、その通知の手紙がマグネットで留められていた冷蔵庫の方を何となく見遣った。

「震災の翌々日でしたから、ちょうど震災の翌々日ですね」

「ええ、三月の十三日でしたから、ちょうど震災の翌々日ですね」

十三日は、確か幸也の両親に会った日だ。

「震災の翌々日だけど、やはり開催されたんですか？」

「ええ、やりましたよ。で、僕が言いたいのは、そこに金村さんはいらしてたんですよ」

「えっ、金村さんが？」

「そうなんです」と、古市は痰《たん》の絡んだ声で返事した。「だから、金村さんは比較的そういう集まりには出てこられる方なんですよ」

「でも、あたしと会うのは嫌なんですね」

古市が逡巡している理由がやっとわかった。

「苦手ということですかね。でも、理由ははっきり仰らないのですよ。ともかく西田さんとは会いたくないんだそうです」

金村とはさほど親しくなかったが、当時二十歳の看護学生だった金村は、被指導部の女性の中では一番若かった。だから、啓子は気にかけていたつもりだった。それだけに、金村の拒絶は衝撃だった。いったい何が理由なのだろう。

　過去を直視して、記憶を練り直したいと願うのは、単に自分の都合に過ぎず、これも和子の言うところの、「自己正当化に勤しんでいる」ことなのかもしれないと、啓子は思った。

　事件から四十年経った今でも、啓子がわからない、と言う妹の和子。「おばちゃんは、人を殺したの？」と怯える目で見た姪の佳絵。

　結局、二人は啓子から離れて行った。周囲から見える自分は、良心も良識も欠いた人物なのだろうか。

　これらの出来事は、過去を正視できている、そして完全に隠蔽できていると信じていた、啓子の自信のようなものを打ち砕いている。


　ある日、ジムのロッカールームに、啓子が入って行くと、啓子の顔を見て、数人が慌てて何かを隠した。

　ジムで会えば、割合親しく言葉を交わす老女たちだが、どうやら啓子に内緒で、旅行の土産物を配り合っている最中だったらしい。

　それを知って、啓子は失望した。自分も旅の土産が欲しかったのではない。

　まるで小学生のような集団と無理に一緒に過ごすのが、嫌になったのだ。欺瞞とはこのことではないか。激しい自己嫌悪と言ってもよかった。

以来、ジムにも行かず、家で時間をやり過ごしている。起床して質素な朝食を食べ、部屋を掃除する。食材の買い出しに行ったついでに、図書館に寄って本を借りる。夕方以降は本を読んで過ごし、早めの夕食と少量のアルコールを楽しみにする。そして、風呂に入って就寝。

完全に独居老人の日々だった。だが、秩序だった日常を繰り返していると、心が落ち着いた。しかも、この平安は、かつて経験した覚えがあった。

それが、刑務所での日常に似ていると思い至った時、啓子はさすがに苦笑した。案外、自分は孤独と節制が向いているのかもしれない。

その頃、郵便受けに一枚の葉書が入っていた。

差出人は、啓子の学習塾に通っていた少女だった。小学校三年から六年まで塾に通い、卒業後もずっと律儀に賀状や暑中見舞いをくれる、唯一の教え子だ。彼女も、すでに三十代になっていた。

「結婚しました」という報告の横に、手書きで、父親が亡くなった、と書き添えてあった。

「私たちの結婚式の二カ月前に、父が病気のために亡くなりました。晴れ姿を見てほしかったのに、残念です。父はよく先生の話をしていました。生前のご厚誼、ありがとうございました」

おや、と啓子は首を傾げた。思い出が蘇る。

少女の父親は、たった一度だけ、啓子の塾に少女を迎えに来たことがあった。雨が激しく降る夜だったので、車で迎えに来たという。

「先生、お世話になっています」

啓子に頭を下げた後、近付いて来て、耳許でこう言った。

「私、ブントだったんです」

聞き間違いかと思って、その顔を見たが、父親はそのまま視線を逸らして、娘に促した。

「さあ、帰るから支度して」

自分とほぼ同じ年頃の父親と会ったのは、その夜だけだ。しかし、あの父親は、自分の過去を知っていたのだろうか、と気になって仕方がなかった。

多分、彼は知っていたのだろう。娘の通う塾の講師が、連合赤軍事件で逮捕された、革命左派の西田啓子だということを。

「父はよく先生の話をしていました」とあるからには、妻にも娘にも、自分の過去について話していたのかもしれない。

急に、自分が誰にも知られまいと、必死に守ってきたはずの世界に、亀裂が生じたような気がして、啓子は一人うろたえた。

父の死もそうだ。自分は四十年間も、母や妹が言う通り、父が病死したと信じ込んでいたのだ。何と無邪気なことだろう。

私は何が後ろめたいのだろう。

何を隠したいのだろう。

いや、何も隠したくはない。

では、本当のこととは何なのだ。

気が付いたら、携帯電話から、古市に電話をしていた。

「西田啓子と申します」

携帯電話の番号を知らせていないために、「もしもし?」と不審げな声で出た古市に、啓子は開口一番、名前を告げた。

「西田さんですか。これはどうも。お久しぶりです」

古市に、金村が拒絶したと聞いてから、一カ月半が経過していた。すでに梅雨も終わり、暑い夏が始まろうとしている。

「こんばんは。突然すみません。今、話してよろしいでしょうか?」

「ええ、いいですよ、どうされました?」

古市はまだ四十歳くらいのはずなのに、啓子を思い遣る口調は、まるで年上の優しい男のようだった。

「金村さんのことですけど、あたし、どうしても気になるんです」

「そうですよね。わかるような気がします」

古市は同情を寄せるように相槌を打った。

「あの、よろしかったら、古市さんが行って、金村さんにどうしてあたしに会いたくないのか、その理由を聞いてきて頂けませんか？」

「それは構いませんが」と、古市は言葉を切った。

「何か問題でも？」

「いや」と、古市は笑った。「そんなことを聞いても、西田さんは大丈夫ですか？」

「何か、嫌なことを言われるかもしれないってことですか？」

「嫌かどうかはわかりませんが、決して愉快なことではないでしょうね。あれだけ忌避されているんですから」

「そんなに激しく、ですか？」

古市は少し躊躇った。

「はあ、そうですね。お電話で話しただけなのですが、こう仰っていました。ともかく、私は永田と西田にだけは会いたくないと」

「へえ、永田さんと同列ですか。その理由は？」

呼び捨てにされた啓子の中で、何かが冷えてゆく。金村の言葉を聞きたいと思った熱意のようなものが。

「西田さん。ほら、もう、怒ってらっしゃいませんか？」

古市にいなされて、啓子は苦笑した。

「そうですね。ちょっとむっとしました。金村さんは若かったので、あたしとしては気を遣っていたつもりだったものですから。でも、嫌われる理由を知りたいですね。よろしかったら、彼女と会って、テープでも聞かせて頂けませんか?」

「わかりました。そう仰るのなら、僕も興味があるので、連絡してみます。また、お電話します」

古市は軽い調子で言った。その背後から、妻らしい女性の声と、幼児が何か喋っているのが聞こえてきた。

古市の賢さと率直さは、幸せな家庭に支えられているからか。

啓子は、自身の平安が破られたような気がして、通話ボタンを力いっぱい押した。古市が引き連れてくるものを、断ち切りたい思いと、繋がりたい思いが相半ばしている。


古市から電話があったのは、その数日後だった。

「もしもし、古市です。先日はお電話ありがとうございました」

古市から初めて携帯電話にかかってきたのだが、時刻は、やはりいつもと同じ、午後九時ちょうどだった。古市の気遣いを感じる。

「いかがでしたか?」

「はい、今度の土曜に、お目にかかることになりました。テープを取って、文字起こししてから、お目にかける形でいいですか? テープそのままでは、さすがに金村さんに許可を取らないと、まずいだろうと思いまして。肉声ではなくなりますが、ニュアンスはなるべくお伝えしたいと思っています」

「もちろんです。お願いします」

文字起こしした物を郵送する、という古市に、啓子は住所を伝えた。

「あのう、それで金村さんは何て仰ってました？」

古市は明快だった。

「はっきりしてました。話をお聞きになりたいのでしたら、申し上げます、と。ただ、公表はしないでほしい、と仰っています。それは、西田さんも同じお考えですよね？」

念を押されて、啓子は言い淀んだ。

「ええ。その通りですが、それではいくらなんでも、古市さんに申し訳ないような気がします。お仕事ではないのに、いいんですか？」

「僕はいいですよ。個人的興味で動いているだけですから。というか、逆に」

言葉を切った古市に訊ねる。

「逆に、何ですか？」

「いや、逆に僕なんかが伺っていいのかな、と思いますが」

啓子はしばらく考えた後、答えた。

「いずれあたしたちも死にますから、生き証人が一人くらいいた方がいい、と思っています。みんな死に絶えたら、公表でも何でもなさったらいいと思います」

「ありがとうございます。僕は、西田さんの勇気に感謝します」

勇気？　啓子は驚いて絶句した。違う、そんな格好いいものではない。啓子はただ、何か大事なことを忘れているような気がしてならないのだった。


千代治から連絡があったのは、その一週間後だった。モニターで、千代治からの電話だとわかった啓子は、出るのをやめようかと躊躇した。

だが、古市に依頼した直後だったから、何か関連したことかもしれないと思い、受話器を取った。

「久しぶりね。お元気ですか？」

「ああ、どうも。西田さんこそ、お元気ですか。何も変わらない？」

「ええ、何とか。千代治さんはどうなの」

「僕は元気です」と、鼻声で答える。夏風邪でも引いているのだろう。

「お風邪でも引いた？」

「うん。何だか最近調子が悪くてね。二週間前に引いた風邪が治らないんだよね。俺もいよいよやばいかな、なんて思って」

浮かない声で答えるものの、相変わらず喋る気満々のようだ。

「何かご用？」と、すげなく訊ねる。

「うん、あのね、古市君は結構、役に立つでしょう？」

いきなり言われて、何と答えていいかわからない。

「若いのに、いい方ですね」

「うん。彼の書いた本を読んでみるといいよ。僕もあれから全部読んだんだよ。なかなかよかった。ええと、西田さんには、どれがいいかな」

早口に数冊、書名を挙げた。聞き取れなかった啓子は、図書館で検索してみようと思った。

「ありがとう。読んでみます」

「ところでね」と、急に秘密でも打ち明けるような口調になった。「久間の話なんだけど、してもいいかな」

とうとう本題に入ったようだ。

「いいけど。あの人、どうかしたの？」

我ながら、口調が冷たくなったのを感じる。いくら昔「夫婦」だったとはいえ、現在は関係ないのだから、いちいち近況報告などしてほしくなかった。

「福島で作業中に脳梗塞で倒れてね。今、東京で入院しているんだけど、かなりよくないんだよ」

やはり、そうだったか。福島に行くと告げた時も、何となく滅びの予感を纏っていたと思い出す。啓子は溜息を吐いた。

「そうだったの」

「それでね、お見舞いに行ってやってほしいなと思って」

「あたしが？」

千代治には、男女の愛憎などわからないのだ、とうんざりする。行きたくても行ってはいけない場合もある。行けば自分が何かを背負うからだ。自分は冷酷なのだろうか。

なのに、千代治は気軽に言う。

「行ってやんなよ。あいつには係累がないんだから、西田さんが行かなくて誰が行くの」

啓子は暗い声で答える。

「だって、もう何の関係もないのよ」

「西田さんの言い分もわかるけどさ」千代治も煮え切らなかった。「でも、あいつ、死んでしまうかもしれないよ。だから、行ってやった方が、西田さんも後悔しないだろうなと思っただけですよ」

「後悔？」思わず気色《けしき》ばむ。「何であたしが後悔するの？」

「すみません。言葉の綾です」

千代治は神妙に謝った。久間は本当に危ないのかもしれない。しかし、自分にはどうしようもない気がした。

「千代治さんは行ってあげたの？」

「うん。昨日行った。あんないい男だったのに、口開けたままで、ぼろぼろ涙流すんだよ。可哀相だった。俺、泣いちゃった。だから、行ってやってよ」

余計なお世話だと思ったが、千代治に言うのも躊躇われて適当に返事をする。

「わかりました。病院はどこ？」

西新宿にある大学病院の名を教えてくれたので、一応、メモは取った。

「余計なことしてると思うけど、西田さんも夫婦だったんだから、武士の情けでお願いします」

「武士の情けですか」思わず苦笑する。「わかった。行ってみます」

重い気持ちで言ったのに、千代治は善行を施したかのように喜んでいる。

「よかった。俺、ほっとしたよ。じゃ、また」


古市から分厚い封書が届いたのは、その翌日だった。約束通り、録音を文字に起こしてくれたらしい。

前略
先日、金村邦子さん（現在は、村松邦子さんというお名前です）にお目にかかることができました。二人で一時間ほど、都内で話しました。
その際、ご許可を頂いてテープを取らせて貰いました。その記録を同封します。
正直に言って、僕は衝撃を受けました。

古市洋造

西田さんのご感想などを、後日伺えれば幸いです。

名前は、出所した後に変えました。「金村邦子」という名は、当時二十歳でしたから、新聞記事に出たんです。だから、変えた方がいい、というのが、両親と親戚中の意見でした。村松は母の旧姓なので、（名を変えることに）そう違和感はありませんでした。祖父母の養女ということにして貰ったんです。

　私は当時、二十歳でしたから、一緒に逮捕された未成年の兄弟の次に年少だったせいもあって、比較的、量刑は軽かったように思います。

はい、三年間、服役しました。服役中は、何だか自分が自分ではないような、混乱した三年間でした。夢のように過ぎて、あまり記憶がないんです。そのくらいショックだったのでしょう。それで、看護学校にも復学しなかったんです。

出所後は、祖父母のやっている、小さな手芸店を手伝っていました。店はもうありません。祖父母の介護で、全部売って、溶けてなくなりました。私には何も残らない。それでいいんだ、と思います。

両親ですか？　もう亡くなりました。その時、看取ったのが縁というか、そのまま介護士の資格を取って、今に至っています。看護師になろうとしたくらいですから、医療というか介護というか、そういう現場にいたいという思いがあるんでしょうね。

そうですね、両親とも年の割には早く亡くなりましたね。やはり、ストレスがあったんじゃないですか。年頃の娘が連合赤軍事件で捕まったんですから（笑）。

私、「女性兵士」と言われるのが、ものすごく違和感があるんです。私、兵士なんかじゃありませんでした。じゃ、どうして山岳ベースに行ったの？　と言われるでしょうが、私たちが呼ばれたのは、永田さんたちが、山岳ベースで子供を育てたい、皆で子供を産んで次の兵士を育てたい、という壮大な計画を持っていたからなんです。

だから、梶井さんは看護師だったし、君塚さんは保育士、私は看護学校生だったんです。

西田さんだって、小学校の先生じゃないですか。みんな、子供に関連する職業の連中が参加を呼びかけられたんですよ。

正直、私たちは、兵士の「へ」の字も知りません。ただ、そこで子育てするんだとばかり思っていました。

このこと、古市さんも知りませんでしたか？

だって、山本さん夫婦は、まだ三カ月のお子さん連れで寒中の山に入られたじゃないですか。どうしてだと思います？　その計画に参加されたんですよ。

あと、金子みちよさん。彼女だって、最初は妊娠六カ月の身重で来たんですよ。山で子供を産んで、皆で育てて革命兵士にする、という計画に乗ったんです。

これは本当です。他には、あなたがお聞きになりたい、西田啓子さん。彼女もあまり口にしませんが、妊娠三カ月で、永田さんに誘われて山に来た、という話でした。

この計画については、初耳ですか？

そうですか。私は、警察の取り調べでも公判でも、さんざん言ってきたんですが、私なんかペエペエだし、誰もまともに取り合ってくれませんでしたね。そんなバカな話は聞いたことがないって。殺人の言い逃れをするなって叱られてね。

でも、本当なんです。どうして、赤ん坊がいたのか、金子さんがいたのか、西田さんがいたのか、私たち子供の仕事に従事する者がいたのか。そういうことを考えてほしいです。これは連合赤軍事件のまったく陽の当たらない、ひとつの真実です。

私が頭に来るのは、西田さんがそういうことをまったく発言しないからです。彼女こそが、生き残りで発言すべきだと思うのに。

連合赤軍事件は、凄惨なリンチのことばかり言われてきました。永田さんは、男の側の論理に巻き込まれてしまったのだと思います。だから、あんな低劣な中野判決なんかが出るんです。女特有の嫉妬深さから大勢の同志を殺した、なんて嘘っぱちです。まったく逆だったんです。

本来は、女たちが子供を産んで、未来に繋げるための闘い、という崇高な理論だってあったのです。でもすべて、森が男の暴力革命に巻き込んでしまったんだと思っています。そして、その片棒を担いだのが永田。

永田には、もっと女の側から闘ってほしかったと思っています。だから、このような真実が埋もれてしまって、リンチ事件だけがクローズアップされたんですよ。西田さんですか？　さっき言いましたが、西田さんはこのことを取り調べでも、公判でも、もっと主張すべきだった。それが残念なんです。

それに、彼女は被指導部のような顔をしていますが、指導部に近かった人間です。永田は、金子みちよさんや、大槻節子さんには、ちょっと臆していたところがありましたから、西田さんのことを一番気に入っていたのだと思います。

金子さんや大槻さんは、ちゃんと自分の意見を言いますから、永田は苦手だったんです。その点、西田さんはいつも曖昧で、はっきり物を言いません。唯々《いい》諾々《だくだく》っていうんですか。それなのに、被指導部の側にいて、指導部の決定がくだされるたびに、私たちの動向をじっと見ているような感じで、怖かった。

梶井さんは、彼女のことを、「草」じゃないかって、ある日こっそり言ってました。ええ、「草」とは、スパイのことです。でもまあ、西田さんも君塚さんと山を下りましたから、違うんでしょうけどね。

彼女、公判では、永田や森に逆らわないようにしなければ、自分が殺されると思ったので、リンチを止められなかった、と証言したそうですね。そういう人も多かったけれど、彼女に限っては、それはなかったように思います。何せ、永田のお気に入りですから、殺されることなんかなかったと思います。

私が彼女のことを許せないと思ったのは、そうですね、他にもあります。

赤軍の山田孝さんの総括の時です。山田さんは、最後に亡くなりました。理由は何だか忘れてしまいました。多分、車を買う資金を得られなかったとか、そんな小さなことだったと思います。

ねちねちと始まって、私たちは、ああまた総括が始まったと、遣り切れない思いでした。本当に心からうんざりしていたんです。いったん総括にかけられると、あることないこと言われて、そのことに抗弁すれば、また揚げ足を取られる。永遠に彼らが満足する総括なんかないのに、虐め続けられるのです。

山田さんは、弱っているのに山に薪を取りに行くように命令されました。雪の山ですよ。しかも、数日間に、たった一杯の水しか飲まされていないのに、本当に可哀相でした。

その時、見張りに付けられたのが、西田さんでした。あと、指導部からも一人行きました。誰だったかな。この二人は、ただ薪集めをする山田さんの後を付いて行って、報告するだけなのです。

夕暮れ時、三人が帰って来ました。私は西田さんが何と言うのだろう、と息を潜めて待っていたんです。西田さんの本領が問われる時だと思ったんです。

そしたら、彼女、何て言ったと思います？

「山田は、枯れ木を無視して、生木を取ろうとしたり、作業にむらがあった。というか、ろくにものを考えずに作業していると思った。自分が指導部にいるというので、立場にあぐらをかいている。それは、官僚主義的態度だ」

と、言ったんです。少しは物の言いようがあるだろうに、と私ははらはらしました。なぜなら、それこそが永田と森が望んでいる答えだったからです。

西田さんが、教師というのは本当に頷けます。彼女は、その場で求められている正答しか言わない。だから、生き延びたんだと思います。

そして、山田さんのことをあんな風に言っておいて、自分はさっさとその三日後に山を下りてくんですよ。山田さんの死も見ずに。

私は最近、昔の仲間と会うこともあります。どうしてあんな思いをしたのに、集会に出て行くのか、と自分でも不思議なんですが、あんな寒い山で死んでいった人たちのことを考えると、何かしなければならない、というような焦る気持ちに駆られるんです。

だから、辛いけど、行きます。私にできることなら何でもしようと思っています。もうこんなこと言っても遅いですけどね。

でも、西田さんは、何かできることがあったように思うんですよ。彼女だったら、永田を止められたんじゃないか、とか。ま、無理でしょうけどね。その場で不利なことは言わない人だから。

だったら、せめて公判で真実のひとつでも言えばいいじゃないですか。私が会いたくないのは、そんな理由なんです。おわかり頂けましたか？

長い手紙を読み終えた啓子は、しばらく呆然としていた。自分が山にいた女性たちから、どのように思われていたか、初めて知った思いだった。自分は、同志ではなかったのだ。

山岳ベースで、子供を育てる計画はもちろん覚えていた。だからこそ、自分も誘われた。そのことを忘れたわけではない。ただ、思い出したくなかっただけかもしれない。ふと気配を感じて、台所の壁を見ると、冬の蜘蛛がまた姿を現していた。

歯が浮いて、左目の奥に鈍痛があるのはどうしてだろう。そう思っているうちに、突然、高熱が出た。啓子は久しぶりに重い風邪で臥せった。ベッドを出られないから、病院に行くこともできない。

這うようにして台所に行き、やっとの思いで作った重湯と、市販の風邪薬とで、一週間近くを一人で凌ぐことになった。

薄闇の中に横たわって、高熱の怠《だる》さと闘っていると、このまま死んでもいい、という気分になってくる。それどころか、いっそ息絶えてしまえたら、どんなに楽だろう、とまで思う。

そんな時、山の仲間の顔が蘇るのは、どうしてだろう。永田洋子が、バセドー氏病で少し出気味のギョロ目を落ち着きなく動かし、皆の反応を窺う様。肩を怒らせた森恒夫の、威圧的な声音。群れ集って密談をする、赤軍派の男たちの痩せた背中。冷たい川で、下着を洗う女たちが、陽に晒すアカギレの手。

小嶋和子、遠山美枝子、大槻節子、金子みちよ。

誰もが若く、澄んだ白目が綺麗だった。死体ですらも、美しかったではないか。

熱で干《ひ》涸《か》らびた啓子の頬に、涙が流れた。あの「事件」とやらが、悲しいのではなく、後悔に暮れているわけでもない。

長い時間を、たった一人で過ごしてきたことに、自分が自分を哀れに思っているのだった。誰とも、何も分け合わなかった、この孤独が、自分の受けた罰かと思う。

不意に、久間の痩せた顔を思い出した。貧しい服装、白くなった短い頭髪が張り付いた頭蓋と引きずる足。脳梗塞で倒れて、千代治の顔を見て泣いたという久間は、どんな気持ちで今を生きているのだろう。自分と同じく、孤独な自分を哀れんでいるのか。

元気になったら、久間を見舞ってやろう、と啓子は決心した。すると、近藤良夫と一緒に食べた、森永のアイスクリームが無性に欲しくなった。アイス、アイス、と呟く。

ようやく熱が下がり、床から離れることができたのは、六日後だった。体重が三キロも減っていた。

啓子はふらつく足取りで、家から一番近いコンビニに歩いて行った。

真っ先にアイスクリームを買うつもりだったが、そのコンビニにあるのは、コールドストーンや、ハーゲンダッツなどの高級なアイスクリームばかりだった。

仕方なしにハーゲンダッツのバニラアイスを買い、家に着くまで我慢できずに、児童公園で蓋を取った。

プラスチックの匙で、固いアイスクリームの表面をほじくっているうちに、なぜか涙が出そうになった。こんな濃厚な味より、あの時、近藤と食べたアイスの方が、遥かに美味しかったと思う。

その日、久々に佳絵からメールがきた。生まれて間もない赤子の写真が添付されていた。

「七月二十八日、午後十時三分。女の赤ちゃんを出産しました。名前は、花連（かれん）と付けました。母子ともに元気です」

「かれん」か。啓子は驚きを持って、赤ん坊の写真に見入った。赤ん坊は、佳絵よりもその父親、つまり和子の別れた夫の面影があった。断ち切っても、どこかで繋がっている血というものが、不思議でならない。

姪の子供からすれば、自分は大伯母ということになる。そう思うと、佳絵にも花連にも遠い距離を感じた。

「可愛い赤ちゃんですね。おめでとうございます」とだけ、返信した。後で、祝い金を送るつもりだ。姪たちとは、その程度の付き合いでいいのだろう。そう思えば、姪に詰られた痛みも忘れられる。

　元気になってみれば、孤独に耐えられる精神状態に戻ったが、久間の見舞いが少し億劫に感じられる。どうしようか迷っていると、古市から、電話がかかってきた。

「古市です、どうも。少しのご無沙汰でしたが、お元気でしたか？　暑くなりましたね」

　相変わらず、よく響く良い声をしている。

「お久しぶり。珍しく風邪を引いてしまって、しばらく寝付いていたんですよ」

　古市は心配そうだった。

「おや、そう言えば、まだお声が嗄れていますね。この時期、夏風邪を引いている人が多いみたいですよ」

　そう言われて、千代治が鼻声だったのを思い出した。二週間も夏風邪が治らない、と言っていた。啓子は、電話を通して、千代治から風邪を貰ったような気になり、思わず苦笑する。

「あら、まだ声が変ですか？　あたしはほとんど治ったと思っていたんですけどね」

「あ、いや、嗄れていると言っても、たいしたことはありません。お風邪と聞いて、なるほどと思っただけです」

　先日の、金村の発言についての感想を聞かれるのかと思い、啓子は何と答えようかと考え始めた。

ところが、古市は、そのことは忘れてしまったかのように触れなかった。

「ところで今日、お電話したのはですね」

古市は居住まいを正すように、言葉を切った。

「何でしょうか」

「あのう、よかったら、なんですけど。僕と一緒に、迦葉山のベース跡を見に行きませんか？」

思いがけない提案に、啓子は絶句した。古市が慌てて付け足す。

「お嫌でしたら、無理にとは言いません。迦葉ベースは、西田さんが君塚さんと脱走したところでもありますし、ついでに、その辺のお話も伺えたら、と思ったものですから」

啓子はすぐに返答ができずに、迷っていた。迦葉ベースに行くとしたら、公判のための実況見分もなかったから、ほぼ四十年ぶりになる。

「あの辺りも変わったんでしょうね」

「はい。林道が整備されたようです」

「あれは冬だったから、今と景色は違うだろうな」

啓子は呟いた。夏の山がどんなか、想像もできない。

「じゃ、冬に行きますか？」

古市がふざけて言う。啓子はふと不安になった。

「古市さん、あたしの話を聞いて、何かに使われるのですか？」

「いや、使いませんし、書きません。ただ、金村さんのお話を伺ったりしたので、西田さんにも直接お目にかかりたいと思いました。言うなれば、個人的興味が募ったというところでしょうか」

「わかりました。では、あたしもいつどこでどうなるかわかりませんから、ご一緒しましょう」

啓子が承知すると、古市の声が弾んだ。

「ああ、良かった。僕はまさか西田さんが承知してくださるとは、夢にも思いませんでした。ありがとうございます」

「どうして、あたしが拒絶すると思ったの？」

「西田さんは、何か頑《かたく》なな印象があったものですから。いや、それは僕の勝手な印象です。お気になさらないでください」

当たっている。啓子はそう思ったが、古市には何も言わなかった。

日にちは、八月二十二日に決まった。それなら、啓子の体力も回復しているだろうし、少しは涼しくなっているはず、と古市は気を遣う。

「高崎まで新幹線で行って、それからレンタカーで現地に行きましょう。十一時頃に出る新幹線でよろしいですか？　もっと遅い時間にしましょうか？」

「いえ、大丈夫です」

「では、チケットをお送りします。ご一緒できるのを、楽しみにしています」

古市は、まるでデートでもするかのように、浮き浮きした様子で電話を切った。頑固に他人を拒絶していた自分を、とうとう山岳ベースにまで引きずり出したのだから、古市の興奮もわからないでもなかった。


当日は今にも雨が降りそうな、重苦しい曇天だった。肌寒いというほどではないものの、八月とは思えない、涼しさだ。

啓子は、ジーンズに綿の長袖シャツ。念のために、薄手のウィンドブレーカーをバッグに忍ばせた。

東京駅の上越新幹線の乗り場に向かう。「とき三六五号」は入線していた。高崎には、十一時五十九分着だ。

指定席に行くと、通路際の席に黒縁の眼鏡を掛けた男が座っていた。啓子の顔を見て、はっとした様子で立ち上がった。痩せぎすで、背が高い。古市は強い眼差しで、啓子を見つめた。

「西田さんですか？　僕は古市洋造です。わざわざ来てくださって恐縮です」

古市が差し出した名刺を眺める。肩書きは「ライター」とある。老眼の目を眇《すが》めて住所を見ると、国分寺市と読めた。

「国分寺にお住まいなんですね？」

啓子は、古市の強い視線が照れ臭くて、名刺に目を落としたまま呟いた。

「そうです」と、古市は答え、啓子にお茶のペットボトルを差し出した。

「ありがとうございます」

よく気の付く男だ。啓子は席に腰を下ろしながら、古市を観察する。長めの髪は天然パーマらしく、少しうねっている。眉尻が下がっているので、のんびりして見えた。生真面目な学生っぽい風貌は、生きる上でさぞ得をしていることだろう。

「西田さんは、お若いですね」

古市に褒められた啓子は、驚いて白髪に手をやった。春先に和子に染めて貰って以来、手入れを怠っている。先日の風邪のせいでか、急に白髪が増えて、一気に老婆になったかのようだ。

「とんでもない。からかうのはやめてください」

「いや、からかっていません。背筋が伸びて、若く見えますよ」

「独り身ですからね」

そこから、四歳になる息子がいるという、古市の家族の話や、共通の知人である千代治の噂で話が弾んだ。

そのうち、新幹線が滑るように動きだした。

「今日はお付き合い頂いて、ありがとうございます」

古市が改まって礼を述べた。

「いえ、こちらこそ誘って頂いて。こんなことでもないと、二度と行くことはないだろうと思いました。死ぬ前にもう一度、と思って来たんです」

本音だった。臥せっていた時、死んだらどんなに楽だろうと思った瞬間に、死がするりと寄り添ってきたような気がする。

「もしかすると、金村さんの話を読まれたからじゃないですか？」

古市が心配そうに言った。

「どうして、そう思うんですか？」

「いや、あの話は、西田さんにはショックだったんじゃないかな、と心配していたんです」

「確かに、ショックでしたけど、自分が他人にどう思われているか、なんてわからないから、誤解されても仕方ないかな、と思いました」

「誤解」という語を聞いた古市が、興味深そうに顔を上げるのがわかった。

「やはり、誤解なんですね」

「そうだと思います。永田さんに可愛がられた、と言われているようですが、あたしが米軍基地にダイナマイトを担いで侵入したことを評価されているだけだと思います。それに、意見を言わないのは、大槻さんや金子さんのように、活動歴も長くないし、ヒエラルキー的に言えない立場だったからです」

「でも、早岐さんと向山さんの処刑は、ご存じだったのですよね？」

突然、古市が啓子の目を覗き込んだので、啓子は言葉に詰まった。

「ええ、知っていました」

躊躇いがちに答えた。

「どうして知ってたんですか？」

「永田さんから聞いたんです」

「トップシークレットなのに、ですか？」

啓子は思いがけないところに話が飛んだので、困惑して黙っていた。

「金村さんのお話をテープ起こしする際に、唯一、僕が意図的に省いたところがあります。それは、西田さんが早岐さんと向山さんの処刑に賛成したのだ、という部分でした。金村さんが言うには、それも彼女が西田さんを許せない理由のひとつだ、ということでした。本当ですか？」

「それより、なぜ省いたんですか？」

啓子は、古市を睨み返す。

「西田さんが、ショックを受けるだろうと思ったからです。若い時の、勢いで言ったかもしれない言辞を、四十年も経って、鬼の首を取ったみたいに言われるのは、たいそうご不快だろうと思ってのことです」

啓子は小さく息を吐いた。

「なるほど。あたしは、古市さんのような若い方に、温情をかけて頂いたのね。でも、余計なお世話だと思いますよ」話しているうちに、激してくる自分がいる。どうしてこれだけ話してもわかってくれないのか、と怒りながら焦る感覚。「金村さんは、他人の話を信用しやすいのではないでしょうか。あたしは、当時、二人の処刑を決定できる立場にはいなかったし、それに対する意見を聞かれたこともありません。それだけは確かです。でも、あの二人は、可哀相だけれども軽率なところがありました。早岐さんは逃げ腰でしたし、向山さんは活動を小説にすると公言していました。処刑は行き過ぎだと思いますが、組織として防衛することは、時によっては必要なんじゃないか、と発言したことはあると思います。でも、一般論です」

「誰に？」

「永田さんに、ですよ」

啓子はそう言って、古市の反応を見ようと逆に覗き込んだ。古市は顎に手をやって考え込んでいる。その顎には髭の剃り残しがある。親戚に、こんなのんびりした顔の男がいたような気がする。

「永田さんに？　それはいつ頃ですか？」

古市は気になるのか、しつこかった。

「もちろん、処刑が終わった後です。処刑したと後から聞いたので、そう言ったのだと思います」

永田は、自身で下した処刑という判断に実は戦《おのの》いていた。とうとう一線を越えたと怯える永田を慰めるために、そんなことを言ってしまったこともあろう。

しかし、啓子には処刑のことは一切知らされていなかった。あたかも、処刑という決定に加わったかのように言われるのは心外だった。

古市は眉根を寄せて考え込んでいる。

「では、金村さんは、それを誰かから聞いたのですね」

「そうだと思います」

啓子は話すのに疲れて、窓外に目を遣った。景色が飛びすさって行く。新幹線の窓に、雨粒が当たって斜めに滑って行くのが見えた。

「こういうことばかりなのです。誰が何を言って、誰が手をくだした、と。誰が知っていて黙っていた、と。あたしはそういう言辞にはほとほと疲れました。だから、分離公判でもほとんど核心については喋りませんでした。あまり聞かれませんでしたしね」

「よくわかります。安易に言葉にされたくないのですね」

古市が嘆息する。

「そうです。何か言えば、誰かが必ず傷付いたり過剰反応をする。みんなそうです」

啓子は降り出した空を見上げた。啓子の視線を追った古市が呟く。

「ああ、雨ですね。残念だ」

啓子が嘆息すると、古市が向き直った。

「ところで、西田さん。金村さんが仰ったことは、本当なんですか？　山で子供たちを皆で育てて、革命戦士にする計画があった、という話です」

「ああ、あれね」

啓子は、古市に貰った茶に口を付けて気のない返事をした。

「どうなんですか？」

「あったと思います。とんでもない計画だったけれども、永田さんや金子さんは本気だったと思います」

「あなたはどうだったんですか」

古市に問い詰められて、啓子は首を傾げた。

「あたしも当初は賛成していました」

「当初？　では、西田さんが山岳ベースに行かれたのは、その計画に賛成したからですね？　山で産むつもりだったんですか？」

「そうです」

「それなのに、そんな壮大な計画など、端《はな》からなかったかのような事件の経緯になっていますよね。リンチばかりが騒がれて。そのことをどう思われますか？」

啓子はふっと苦笑いをした。

「あたしは、何もかもがどうでもいいです」

「どうして」

「早く忘れたいから」

「何を忘れたいんですか」

「あなたに言ってもしょうがないもの。言いたくないわ」

古市が肩を落としたのがわかったが、啓子は目と心を同時に閉じた。

レンタカーに乗るまで、古市とは口を利かなかった。古市は、啓子の機嫌を損ねたことを気にしているらしく、何かと視線を向けて寄越す。

「さっきはすみませんでした。出過ぎたことを言いました。西田さん、そこの『道の駅』でお昼ご飯を食べませんか？」

二人で蕎麦を啜《すす》った後、代金は無理やり啓子が払った。古市は恐縮したように縮こまって、借りてきたヴィッツを運転している。

車は見覚えのない山道を走っている。すっかり景色が変わっていて、どこにいるのかわからなかった。

やがて、古市は山に向かう舗装路の途中で車を停めた。そして、杉の植わった傾斜地を登って行った。

啓子も息を切らして、その後をついて行く。蟬の鳴き声がわんわんと耳に響いた。羊歯《し だ》類などの下草が足に絡まって、歩きにくい。蚊や虻《あぶ》もいるし、蛇が怖かったが、啓子は必死に古市の後をついて行った。

古市が立ち止まったのは、「群馬赤軍」と書いてある朽ち果てた白い角材の前だった。

角材は文字が掠れ、草に埋もれて半ば倒れている。

「ここは、金子みちよさんが埋められていた場所です」

人が埋まっていたことを示すように、地面が棺の形に陥没していた。

金子みちよは、こんなところに一人で埋められていたのか。いや、腹の中には八カ月になる胎児がいたから、二人だ。啓子の胸が詰まった。

『子供だけでも助けて。西田さんも妊娠しているからわかるでしょう。この子を助けて、革命戦士にして』

金子みちよの声が脳裏に蘇る。ごめん、二人とも助けられなかった。私は無力で卑怯な女だった。四角く窪んだ地面に向かって、啓子は頭《こうべ》を垂れた。

「あんなところに埋められて。可哀相ですね」

古市が低い声で言う。啓子は無言で手を合わせてから、逃げるように傾斜地を下りた。

こんなに国道に近い場所に埋められていたとは、思いもしなかった。金子の遺体は、指導部の男たちが運んで行ったから、どこに埋められたのか知らなかったのだ。

いつの間にか、雨がやんでいる。

「じゃ、迦葉山のベースを見に行きましょうか」

古市が車を発進させた。啓子は、空気の重さを感じて、口を利くのも辛かった。

「西田さん。さっきから静かだけど、どういうお気持ちですか？」

「来たことを後悔しています」

「どうしてですか」

「いちいち理由も説明しないといけないの？」

啓子の言葉に、古市ははっとした様子だ。それを見て、啓子は反省した。

「すみません。あなたに当たるつもりはありませんでした。金子さんのことは、どうしても辛くて仕方がないのです」

古市は、気遣うように啓子を見た。

「西田さん、僕こそすみません。無理に仰らなくていいですよ」

「いや、待って」

啓子は周囲を見回した。周囲に迫る杉林が息苦しくて、曇天は見えない。啓子は、急激に何かを伝えたいような気がした。

「あの時は誰もがおかしくなっていて、どうしてそうなったのかもわからなかったのです。ただ、小さな違和感とか不満とか、怒りとか、苛立ちが常に誰の心にもあって、誰かにぶつけたいと思っていたんです。その端緒が、遠山さんだったように思います。あたしたち、革命左派は女性が多かったし、当初の目的に子供のコミューンを作るというのもありましたから、そのことに同調しない赤軍の女兵士に対する批判が渦巻いていました。つまり、革命左派と赤軍は互いに反目していたのに、それを革命という名の下に隠したものですから、段々と個人にぶつけるようになってしまったのです。その流れを止めることはできなかった。止めれば、総括される。でも、もし止めることができたとしたら、妊娠している金子さんに対する処遇だったように思うんです。でも、それもできなかった。どころか、一番むごい目に遭わせてしまった」

「なるほど」

古市の声は低かった。

「責任を感じています。例えば、さっき早岐《いさ》さんの処刑の話がありましたが、あの後、あたしは沈む永田を慰めるのではなく、諫めるべきだったのかもしれません。それがそもそもの契機だったのかなと思います」

奔流のように言葉が溢れ、気が付くと涙が流れていた。古市はしばらく無言だったが、国道との合流地点で啓子に聞いた。

「仮埋葬地だった場所も近いですが、ご覧になりますか」

「あたしはもういいです」

ゴルフ場の看板を見た啓子は、俄に虚しさに襲われて断った。

「それでは、すぐに迦葉ベースに行きましょう」

山道を走って県道に出る。「沼田行き」のバスと擦れ違った。やがて、「迦葉山」というバス停が見えてきた。山を下りた啓子と君塚佐紀子が逮捕された場所だ。

啓子は周囲を見回して、近藤良夫とアイスを食べた場所を探したが、夏草が生い茂った野と、こんもりと葉を茂らせた森は、もはや冬に見た景色とは違う世界だった。

「あたしが見た景色とは、全然違います」

「そうでしょうね」

古市は県道を山側にかなり登り、林道の前で車を停めた。車両通行止めとなって、黄と黒に塗られた遮断棒が下りている。

古市は先に遮断棒をくぐった。

「この道を登ったところですね。でも、舗装まではされていたとは知らなかった」

啓子が呟くと、古市が頷く。

「林道として整備されたのは、あの事件後です。当時は、未舗装路だったのではないかと思います」

「雪が積もっていたからわかりませんでした」

不意に喉が渇いて、雪を手で掬って食べた記憶が蘇った。口の中で溶ける雪の味を思い出す。あの時は、何もかも雪で拭っていたっけ。食器も自分たちの体も。

すると、様々なことが思い出されてきた。濡れたウールセーターの匂い。湿ったまま燻《いぶ》された木の煙。氷と雪の下を流れる川のせせらぎ。薄い汁粉やスキムミルクの甘み。それぞれの若い肉体の、饐《す》えた臭いを放つシュラフ。

雪山の中では嗅覚と聴覚が冴え渡っていた。だから、雪以外は清らかなものなど何もなく、生きていることの面倒臭さだけが際だっていた。食事、排泄、生きること、闘争。

「さあ、行きましょう」

啓子がうろたえているのがわかったのか、古市が啓子の手を取った。肘を支えてくれたので、ようやく歩きだす。林道の右手には渓流が流れている。道の奥は獰猛《どうもう》なほどの緑だ。

「いろんなことが思い出されてきて困る」

啓子が独り言を言うと、古市は余計な口を挟まないようにしているのだろう。隣で頷いただけだった。

やがて渓流の向こう岸に、上に樹木を生やした大きな岩が見えてきた。

「あれがタンク岩ね」

啓子は指差した。戦車に似ている、と赤軍の誰かが名付けたのだった。

「榛名ベースから、こっちに引っ越す時、ここでキャンプしていたの。テントが四つあったかしら。金子さんも大槻さんも、山本さんも皆生きていた」

渓流沿いに、上流目指して歩くこと十五分。左手に森林管理署のものらしい、緑のフェンスに囲まれた施設があった。当時はなかった施設だ。

その脇を五十メートルほど登ると、樹木に囲まれた小さな谷に出る。しかし、とても小屋など建てられないほどの狭い谷で、傾斜も強い。

「ここだと思いますが、違いますか?」古市が訊ねた。「何も残っていないけど、これは当時の廃材ではないかと思うんですよ」

朽ちた材木を指差した。啓子は到底信じられない思いで、谷に立ち尽くしていた。本当にここなのか。

何と矮小な空間だろう。しかも、自分たちは山中で権力と闘うつもりだったのに、林道からほど近いではないか。山中でも何でもなかったのだ。

「笑っていますね」

古市に言われて、啓子は初めて自分の表情に気付いた。

「西田さん、さっき新幹線の中で、忘れたいことがあると仰ってましたけど、それは何ですか？」

古市に問われて、啓子は林の隙間からようやく見える曇天を仰いだ。

「僕には聞く権利があるような気がするんです」

「どうしてですか。逆に聞きたいです」

首を傾げた啓子に、古市が小さな声で「そうですね」と言った。

「僕の話もせずにすみません。僕の父は、古市繁《しげる》といって、牧師をしていました。僕が父の息子になったのは、父が七十一歳の時です。そうです、僕は養子なんです。父は八十五歳で亡くなったのですが、僕が本当の親を知りたがると、父自身が話してくれました。僕が生まれたのは、栃木女子刑務所の中だったそうです。その時、妊娠していた受刑者は五人。獄中で出産したのは、西田さんだけでした。それは間違いないですよね？」

啓子は、落ち着いて古市の顔を見上げてから頷いた。電話で声を聞いた時から、わかっていたような気がしていた。

「認めてくれて嬉しいです。否認されたらどうしようと思いながら話しているんです」

古市がほっとしたように言った。「どうやら僕を産んだ人が、連合赤軍事件に連座していると知った僕は、ライフワークとして事件そのものを調べ始めたんです。当時は赤ん坊だった、森恒夫さんの子供にも会いました。彼は預けられて、人とは違う人生を歩んでいますが、捨てられたわけではない。僕だけがどうして捨てられたのだろうと不思議だった。でも、金村さんのお話を聞いた時、腑に落ちたんですよ。どうして僕は生まれたのか、そして、捨てられたのか、ということです。西田さんが忘れたいこととは、僕を密かに産んで、里子に出したことじゃないですか。僕は西田さんに会って、何となくわかったような気がしたのです。西田さんは、金子さんが子供と一緒に息絶えたことを後悔している。だから、自分が子供を持つこと自体を拒絶したんじゃないかと思ったのです。もし、違っていたら、すみません」

啓子は大きな息を吐いた。長い間、心に仕舞っていた秘密から解放された。しかし、解放は新たな枷《かせ》を作るかもしれない。一度も持ったことのない、希望という慣れない感情に、啓子はまだ戸惑っている。

「金子さんをああして殺してしまったのに、あたしはのうのうと子供を産んだ。それが許せなかったから、忘れたいのです」

「僕はお礼を言いますよ」

ふと気が付くと、山は怖ろしいほどの命の気配に満ちていた。蟬しぐれ、虫の羽音、せせらぎ。啓子は目を閉じて、その中に浸ろうとした。

解説　彼女と私たちが生きた時代

大谷恭子

「夜の谷を行く」とは、あの事件の最もむごく哀しい場面である。本書の背景にある連合赤軍事件は、一九七一年から一九七二年にかけての冬、榛名山から迦葉山の山あいで、時代の変革を求めた若者たちが「総括」の名による反省と自己変革作業によって十二名の死者を出した山岳ベース事件のことである。彼らは、次々に死んでいく仲間の遺体を、夜、数人がかりで暗い谷間を運び、穴を掘り、葬った。まさに、無言の夜の谷の行進である。

この連合赤軍の幹部永田洋子さんに対し、一九八二年、東京地裁は死刑判決を下した。被害者の数から死刑判決は避けられないと思われたが、問題はその理由である。判決は彼女を死刑にするにあたり、山での各人に対する「総括」の理由を、永田さんの「不信感、猜疑心、嫉妬心、敵愾心《てきがいしん》」にあり、これに「女性特有の執拗さ、底意地の悪さ、冷酷な加虐趣味が加わり」と彼女の「女性特有の」資質にあると決めつけたのである。これは、女性蔑視的であると心ある女性たちが怒り、彼女に女性の弁護士が必要だとの理由から、控訴審の弁護を依頼された。私はこの依頼を、判決への怒りはもちろんだが、あの時代を共有したものの責任として引き受けようと思った。これは私だけではない。連合赤軍の統一公判の控訴審弁護団は、あの時代の運動を経験した弁護士らで構成された。

一九六〇年代、世界各国の若者がアメリカのベトナム戦争に反対し、広範な闘争を繰り広げていた。日本でも、まだアメリカ占領下にあった沖縄からベトナムへの軍用機が出帰していたのであり、おりしも日米安全保障条約の改定期であった一九七〇年を目前に控え、これの廃棄を求める運動は、まさに燎原《りょうげん》の火のごとく全国に広がっていた。私は、一九六九年大学に入学し、多くの仲間と運動と時代を共有していた。しかし、連合赤軍事件によって、日本の運動は大きく挫折し急速に終焉を迎えた。私は、一九七二年五月、沖縄の基地付き本土復帰に抗議するデモを最後に運動から退いた。

なぜあのようなことが起きたのか、真摯に運動に取り組み、その最先端にいたはずの者たちがなぜあのような過ちを犯したのか。

広範な学生や市民の運動は、機動隊や警察の弾圧に戦術を先鋭化させ、デモから投石、角材、火炎瓶が使われるようになった。そして、合法的な抗議運動だけではなく、非合法の運動を標榜し担う部隊が出てきた。街頭でいくらデモをしても国会は強行採決し、何も変わらない、もっと何か打撃を与える戦術をと、爆弾や銃に武器をエスカレートさせ、この中から生まれたのが、赤軍派であり革命左派であった。連合赤軍は、赤軍派と革命左派が組織的に合体したものである。

赤軍派はどちらかというと学生を中心としたインテリの理論的な武闘至上主義的な集団、しかも軍事を担う男性、これを兵站《へいたん》で支える女性と、任務分担も当時の（これは今も根強いが）男女の役割分担をそのまま反映させていた。一方、革命左派は地域の労働運動を地道に担ってきた人が多く、「婦人解放」を掲げ、女性のメンバーも多く、山に入ったメンバーのうち半数近くは女性だった。それぞれの党派性は全く異なっていた。にもかかわらず、党利党略で新党を結成した。その過程で、些細なことから各構成員の資質が問われるようになり、少しずつ歯車が狂い、「総括」が、閉鎖的な空間となった山岳ベースで繰り広げられ、歯止めのきかないまま、十二名の死者を出してしまった。「総括」によって命を落とした者は「敗北死」とされ、弱い自分を克服できず「自分に負けた」のであり、「総括」への仲間からの「援助」、例えば緊縛や殴打が「死」に至る殺人行為であることの認識を希薄にしてしまうほどのものだった。

もちろん、永田さんの資質も無関係ではないだろう。しかし、それは彼女だけではなく、あの山にいた、赤軍派の幹部やこれを受け入れた「兵士」らの全員の資質が相まったのであるし、なにより、これを生み、許容した一番の原因は、あの時代の運動の過ちと限界が、閉鎖された空間で噴出し歯止めがきかなくなったことだ。

控訴審は、可能な限り事実を正確に、何が起きたのかを歴史に刻むべく、指導的立場にあった者も、被指導者としてこれを容認した者たちも、何を考えどのように行動したかを立証しようとした。すでに事件から十年を経て、事件直後には語れなかったことも話せるようになった人もいた。私たちは、組織の創成期から永田さんと行動を共にしてきた女性たちに会い、事件直後には語れなかった本音を聞くことができた。決して永田さんの資質の問題ではないこと、自分たちは本気で変革を求め、必要だと思っていたこと。次々に男性指導者が逮捕されていく中で、責任感が強く組織を担わざるをえなくなった永田さんを、だからみんなで必死に頑張って支えたと。

そして、情状証人として、大逆事件に連座して死刑に処せられた管野スガら明治の女性革命家についての著書のある瀬戸内寂聴氏に、変革期のなかの真摯な若者の過ちは歴史の中に幾多もあり、本件もこの観点でとらえられるべきであり、個人の資質の問題に終わらせてはならないと証言していただいた。また、私は、最後の弁論となる最高裁弁論で、歌人の道浦母都子《みちうらもとこ》氏の歌集から「私だったかもしれない永田洋子　鬱血のこころは夜半に遂に溢れぬ」（『無援の抒情』岩波現代文庫）の歌を冒頭に引用し、あの時代、もしかして自分も陥ったかもしれない過ちだと感じている人が少なからずいることを指摘した。

永田さんは、二〇一一年二月、長年患っていた脳腫瘍によって獄中で病死した。それから暫くたってから、私は、桐野氏から連合赤軍事件についての取材を受けた。しかも永田さんについてではなく、山に入った「女性兵士」について知りたいと言う。連合赤軍事件についての取材は初めてではない。永田さんは、逮捕直後から、マスコミから手ひどく批判され、女性が指導者になるとこんなザマだと揶揄《やゆ》され、逮捕後一年も経ずに獄中で自死した赤軍派幹部の森恒夫氏の責任の取り方と比較され、とにかく評判が悪かった。でも彼女はごく普通の人である。決して特段にヒステリックだとか、底意地が悪いわけではない。彼女にもし責が大きいとしたら、武装闘争を担おうとする組織のリーダーに普通の人が就いてしまったことである。ただ彼女の表出する言動は、山でも法廷でも際立っていたものだから、彼女の実像を誰もが知りたがった。しかし、桐野氏は、永田さんへの関心も示したが、幹部ではなく、それに従い、山に行き、山に残った、無名の女性たちの話を、より聞きたがった。これは初めてのことである。

私は、控訴審で協力を得た複数の元「女性兵士」を紹介した。

山岳ベースは、武装闘争の訓練の場であると同時に、そこで理想的な共同体をつくり、次の世代を産み育てる根拠地としても位置付けられていた。特に永田さんを指導者とする革命左派は、山岳ベースを根拠地とすることを鮮明に打ち出していた。山に入ったメンバーには看護師もいたし、永田さん自身も薬剤師として病院勤務の経歴がある。彼らは、山に理想的な根拠地を作ろうと、まだ乳飲み子だった我が子を連れて夫婦ともども山岳ベースに入り、あるいは妊娠した恋人と共にベースに入り、そこで、子供を産み育てようとしていた。そこにどんな共同生活を思い描いていたのか、この思いと、これが崩壊していく様を、もっと女性の視点で取り上げられてもよかったと思うが、おもに軍事を優先しようとした赤軍派からの発言と永田さんの言動が注視され、革命左派の無名の女性兵士たちに光が当たることは少なかった。

ようやく桐野氏がここに焦点を当て、その当時の彼女らの気持ちと行動、そして、その後の生活を丁寧に物語にしてくれた。しかも、まさかの展開と結末であり、これは女性ならではの視点である。読者の楽しみをここで奪うわけにはいかないから、詳細を記すことはできないが、あの凄惨な事実と事件から、よくぞここを拾ってくれたと、桐野氏に最大の感謝とエールを送りたい。

最高裁判決が出た一九九三年二月、いよいよ永田さんの死刑判決が確定する時、私は永田さんからあることを依頼された。ライラ（頼良）ちゃんを探して、ライラちゃんに渡してもらいたいものがあると。ライラちゃんとは、山に入った夫婦の乳飲み子のこと。父は「総括」で亡くなり、母は逮捕され、ライラちゃんは仲間が連れて山を下りていた。

警察に探され、仲間はライラちゃんを連れて出頭し、保護された。判決確定当時にはもう二十歳を超えていたはずだ。

そうか、ずっと気になっていたのか、と受諾したものの、正直気が重かった。なぜなら、ライラちゃんは、パレスチナの英雄的女性闘士ライラ・ハリド氏の名前をいただき、彼らの革命への思いをその名前に託されていた。が故に、事件後、仲間からも、世間からも隠れ、探されないよう改名し、すべての関りを切っていると聞かされていたからである。

彼女を探し出すことはできるだろうか。探し出しても、彼女は永田さんから託されたものを受け取るだろうか。永田さんは、父を殺し、母を刑務所に送った張本人である。そもそもその出自は本人に隠されているのではあるまいか。

私は、躊躇《ためら》い、依頼を実行しないまま月日が過ぎてしまった。永田さんの訃報を受け、依頼されたことを達成できなかったことに忸怩《じくじ》たる思いはあったが、少し解放された気持にもなった。

桐野氏はこれを知っていたのだろうか。ライラちゃんの存在は、マスコミにも騒がれたから知っていただろう。でも、永田さんの思いまでは知る由もない。なぜなら私は誰にも言っていないから。本書の衝撃的な結末に一番驚かされたのは、もしかして私かもしれない。


（弁護士）

参考文献（順不同）

『連合赤軍〝狼〟たちの時代
1969－1975　なごり雪の季節』（毎日新聞社）
『遺稿　森恒夫』（査証編集委員会）
『「優しさをください」　連合赤軍女性兵士の日記 新装版』大槻節子（彩流社）
『私生きてます　死刑判決と脳腫瘍を抱えて』永田洋子（彩流社）
『連合赤軍 少年A』加藤倫教（新潮社）
『氷の城　連合赤軍事件・吉野雅邦ノート』大泉康雄（新潮社）
『歌集　常しへの道』坂口弘（角川書店）
『「彼女たち」の連合赤軍　サブカルチャーと戦後民主主義』大塚英志（角川文庫）
『連合赤軍物語　紅炎（プロミネンス）』山平重樹（徳間文庫）
『控訴審供述調書　連合赤軍被告　坂口弘』

『アフター・ザ・レッド　連合赤軍兵士たちの40年』朝山実（角川書店）
『兵士たちの連合赤軍』植垣康博（彩流社）
『連合赤軍27年目の証言』植垣康博（彩流社）
『あさま山荘1972　上下』坂口弘（彩流社）
『続　あさま山荘1972』坂口弘（彩流社）
『連合赤軍事件を読む年表』椎野礼仁 編（彩流社）
『死へのイデオロギー　日本赤軍派』P・スタインホフ、木村由美子 訳（岩波現代文庫）
『十六の墓標　炎と死の青春　上下』永田洋子（彩流社）
『続　十六の墓標』永田洋子（彩流社）
『銃撃戦と粛清　森恒夫自己批判書全文（資料連合赤軍問題1）』森恒夫（新泉社）
『証言　連合赤軍』連合赤軍事件の全体像を残す会 編（皓星社）
『連合赤軍の軌跡　獄中書簡集』情況編集委員会 編（情況出版）

初出
月刊文藝春秋
二〇一四年一一月号〜二〇一六年三月号
単行本　二〇一七年三月　文藝春秋刊

文春文庫

夜《よる》の谷《たに》を行《ゆ》く

定価はカバーに
表示してあります

2020年3月10日　第1刷

著　者　桐《きり》野《の》夏《なつ》生《お》
発行者　花田朋子
発行所　株式会社 文藝春秋

東京都千代田区紀尾井町 3-23　〒102-8008
TEL 03・3265・1211㈹
文藝春秋ホームページ　http://www.bunshun.co.jp

落丁、乱丁本は、お手数ですが小社製作部宛お送り下さい。送料小社負担でお取替致します。

印刷・凸版印刷　製本・加藤製本

Printed in Japan
ISBN978-4-16-791452-3

（　）内は解説者。品切の節はご容赦下さい。

桐野夏生
柔らかな頬（上下）
旅先で五歳の娘が突然失踪。家族を裏切っていたカスミは、必死に娘を探し続ける。四年後、死期の迫った元刑事が、事件の再調査を……。話題騒然の直木賞受賞作にして代表作。（福田和也）
き-19-6

桐野夏生
グロテスク（上下）
あたしは仕事ができるだけじゃない。光り輝く夜のあたしを見てくれ——。名門女子高から一流企業に就職し、娼婦になった女の魂の彷徨。泉鏡花文学賞受賞の傑作長篇。（斎藤美奈子）
き-19-9

桐野夏生
アンボス・ムンドス　ふたつの世界
キューバで夢のような日々を過ごした若い女性教師と不倫相手を待ち受けていた非難の嵐を描いた表題作を始め、女性の奥底に潜む毒を描いた刺激的で挑戦的な七つの短篇集。（杉本章子）
き-19-12

桐野夏生
ポリティコン（上下）
東北の寒村に芸術家たちが創った理想郷「唯腕村《いわんむら》」。村の後継者となった高浪東一は、流れ者の少女マヤを愛し、憎み、運命を交錯させる。国家崩壊の予兆を描いた渾身の長篇。（原　武史）
き-19-16

桐野夏生
水の眠り 灰の夢
オリンピック前夜の熱を孕んだ昭和三十八年東京。連続爆弾魔を追う記者・村野に女子高生殺しの嫌疑が。村野が辿り着いたおぞましい真実とは。孤独なトップ屋の魂の遍歴。（武田砂鉄）
き-19-18

桐野夏生
だから荒野
四十六歳の誕生日、身勝手な夫と息子たちを残し、家出した主婦・朋美。夫の愛車で気の向くまま高速をひた走る——。家族という荒野を生きる孤独と希望を描いた話題作。（速水健朗）
き-19-19

桐野夏生
奴隷小説
武装集団によって島に拉致された女子高生たち。夢の奴隷となったアイドル志望の少女。死と紙一重の収容所の少年……何かに囚われた状況を容赦なく描いた七つの物語。（白井　聡）
き-19-20

宮藤官九郎
きみは白鳥の死体を踏んだことがあるか（下駄で）
冬の白鳥だけが名物の東北の町で男子高に通う「僕」。ある日、ローカル番組で「おもしろ素人さん」を募集しているのを見つけた僕は、親友たちの名前を勝手に書いて応募し……。（石田衣良）
く-34-3

倉知　淳
片桐大三郎とＸＹＺの悲劇
元銀幕の大スター・片桐大三郎の趣味は、犯罪捜査に首を突っ込む事。その卓越した推理力で、付き人の乃枝と共に事件に迫る。絶妙なコンビが活躍するコミカルで抱腹絶倒のミステリー。
く-40-1

小松左京
アメリカの壁
アメリカと外界とが突然、遮断された。いったい何故？　四十年前にトランプ大統領の登場を予言した、と話題沸騰の表題作を含む、ＳＦ界の巨匠の面目躍如たる傑作短編集。（小松実盛）
こ-5-13

幸田真音
ナナフシ
リーマン・ショックで全てを失った男と将来有望な若きバイオリニストが出会う。病を抱えた彼女を救うべく、男は再び金融市場へ。経済小説の旗手が描く「生への物語」。（倉都康行）
こ-25-6

今野　敏《びん》
曙光の街
元ＫＧＢの日露混血の殺し屋が日本に潜入した。彼を迎え撃つのはヤクザと警視庁外事課員。やがて物語は単なる暗殺事件から警視庁上層部のスキャンダルへと繋がっていく！（細谷正充）
こ-32-1

今野　敏
白夜街道
外務官僚が、ロシア貿易商と密談後に変死した。警視庁公安部の倉島警部補は、元ＫＧＢの殺し屋で貿易商のボディーガードとなったヴィクトルを追ってロシアへ飛ぶ。緊迫の追跡劇。
こ-32-2

今野　敏
凍土の密約
公安部でロシア事案を担当する倉島警部補は、なぜか殺人事件の捜査本部に呼ばれる。だがそこで、日本人ではありえないプロの殺し屋の存在を感じる。やがて第2、第3の事件が……。
こ-32-3

（　）内は解説者。品切の節はご容赦下さい。

佐々淳行
私を通りすぎたマドンナたち
女傑、淑女、猛女……。彼女たちとの出会いで、私は鍛えられた。政治家、実業家、女優など四十二人に及ぶ美女たちとの交遊録。「ミスター危機管理」、最後の告白。（石井英夫）
さ-22-20

坂本敏夫
元刑務官が明かす　死刑のすべて
起案書に三十以上もの印鑑が押され、最後に法務大臣が執行命令をくだす日本の死刑制度。死刑囚の素顔や日常生活、執行の瞬間……全てを見てきた著者だからこそ語れる、死刑の真実！
さ-44-1

佐々木健一
辞書になった男
ケンボー先生と山田先生
一冊の辞書を共に作っていた二人の男、見坊豪紀と山田忠雄はやがて決別、二冊の国民的辞書が生まれた。「三国」と「新明解」に秘められた衝撃の真相。日本エッセイスト・クラブ賞受賞。
さ-69-1

「少年A」の父母
「少年A」この子を生んで……
父と母 悔恨の手記
十四歳の息子が、神戸連続児童殺傷事件の犯人「少年A」だったとは！　十四年にわたるAとの暮し、事件前後の家族の姿、心情を、両親が悔恨の涙とともに綴った衝撃のベストセラー。
し-37-1

神　薫
女医裏物語
禁断の大学病院、白衣の日常
うら若き女医が体験したオドロキの医療現場！　大学病院のひみつ部屋、人体のフシギ、名医迷医列伝など衝撃秘話が満載。医学生とドクターの知られざる日常が綴られた抱腹絶倒の一冊。
し-51-1

清水　潔
「南京事件」を調査せよ
戦後70周年企画として調査報道のプロに下された指令は、77年前の「事件」取材？　いつしか「戦中の日本」と現在がリンクし始めた。伝説の事件記者が挑む新境地。（池上　彰）
し-64-1

ジェーン・スー
女の甲冑、着たり脱いだり毎日が戦なり。
「都会で働く大人の女」でありたい！　そのために、今日も心と体を武装する。ややこしき自意識と世間の目に翻弄されながら、日々を果敢かつ不毛に戦うエッセイ集。（中野信子）
し-66-1

（　）内は解説者。品切の節はご容赦下さい。

吉村　昭
関東大震災
一九二三年九月一日、正午の激震によって京浜地帯は一瞬にして地獄となった。朝鮮人虐殺などの陰惨な事件によって悲劇は増幅される。未曾有のパニックを克明に再現した問題作。
よ-1-41

横田増生
ユニクロ帝国の光と影
大型旗艦店を続々開き、世界に覇を唱えるユニクロ。だがその経営哲学は謎に包まれている。創業者・柳井正の栄光と蹉跌とは。グローバルな取材で炙り出す本当の柳井正とユニクロ。
よ-32-1

渡辺一史
こんな夜更けにバナナかよ
筋ジス・鹿野靖明とボランティアたち
自分のことを自分でできない生き方には、尊厳がないのだろうか？　介護・福祉の現場で読み継がれてきた大宅壮一ノンフィクション賞・講談社ノンフィクション賞受賞作。（山田太一）
わ-18-1

「文藝春秋」編集部　編
私は真犯人を知っている
未解決事件30
下山事件からライブドア事件まで戦後を彩る三十の未解明事件。足利事件を追う気鋭の記者のルポ、そして検察による冤罪に立ち向かった元厚労省局長の村木厚子さんの手記も収録。
編-2-44

NHKスペシャル取材班　編著
無縁社会
年間三万二千人にも及ぶ無縁死の周辺を丹念に取材し、血縁、地縁、社縁が崩壊した現代社会へ警鐘を鳴らす。菊池寛賞受賞のNHKスペシャルに「消えた老人たち」等を加えた完全版。
編-19-2

レザー・アスラン（白須英子　訳）
イエス・キリストは実在したのか？
イエスは平和と愛を説いた救世主ではなく、武力行使も辞さない革命家だった。「聖書」からどんな史実が落とされ、何が創作されたのか。イスラーム教徒による実証研究。（若松英輔）
ア-12-1

ジェイコブ・ソール（村井章子　訳）
帳簿の世界史
メディチ家の繁栄、スペインの没落、フランス革命、アメリカ独立戦争、大恐慌……。歴史の裏には全て、帳簿を駆使する会計士がいた！　気鋭の歴史家が初めて紐解く。（山田真哉）
S-22-1